읽는 사이

읽는 ———— 사이

취향의 테두리를 넓히는 둘만의 독서 모임

구달·이지수 지음

차례

프롤로그
구달에게 · 7

구달
택배 상자 이어달리기 『작은 아씨들』 · 12
지수
위대하지 않은 사람이 남긴 위대한 글 『도스또예프스끼 평전』 · 24

구달
덕업일치로 가는 길 『김이나의 작사법』 · 44
지수
돈보다 나은 것 『굶어 죽지 않으면 다행인』 · 60

구달
'캐봉'의 순간들 『여행이라는 참 이상한 일』 · 72
지수
한때 내 것이기도 했던 나날 『코쿤카』 · 88

구달

데이트란 무엇인가 『우리는 같은 곳에서』 · 102

지수

당신의 인생을 영원히 바꿀 사람 『캐롤 한/영 각본집』 · 116

구달

도시 식물의 쓸모와 슬픔 『식물의 책』 · 136

지수

자신이 좋아하는 것이 무엇인지 말할 수 있는 사람
『부드러운 거리』 · 148

구달

편지가 구원이 될 수 있다면 『가장 사소한 구원』 · 158

지수

의리 있는 여자, 야망 있는 여자, 쟁취하는 여자
『정년이』 · 170

구달

개와 인간의 시간, 개와 인간의 대화 『노견일기』 · 186

지수

고양이는 고양이이기 때문에 『고양이는 예술이다』 · 200

구달

Go Vegan! 『나의 비거니즘 만화』 • 212

지수

맥주 두 캔으로 끝나지 않을 음주를 기다리며
『나라 잃은 백성처럼 마신 다음 날에는』 • 224

구달

외투 소매로 지구 구하기 『지구에서 한아뿐』 • 238

지수

달라지고자 하는 마음이 거기 있다는 것을
『심장에 수놓은 이야기』 • 250

구달

에덴식당과 No. 1 국자 손잡이 『천문학자는 별을 보지 않는다』 • 262

지수

보이저 1호와 데이비드 보위와 칼 세이건과 함께 『혜성』 • 274

에필로그

지수에게 • 290

리뷰

이토록 담백한 독서 정담 김혼비 • 297

구달에게

생일 축하 카드나 포스트잇에 갈겨쓴 메모도 편지로 칠 수 있다면 나는 이제까지 너에게 꽤 많은 편지를 써온 것 같아. 하지만 이건 많은 사람들이 보게 될 공개편지라는 점에서 좀 각별한 느낌이 드네. 기억나니. 우리가 함께 일했던 이화동 출판사에서의 나날. 너와 나는 만난 지 며칠 만에 평생을 알아온 사이처럼 친해졌지. 어째서 회사 친구에게 그렇게까지 마음을 열 수 있었는지 모르겠지만, 난 네가 블로그에 써놓은 일기들을 본 순간부터 우리가 잘 맞으리라고 예감했던 것 같아. 순한 얼굴과는 딴판인 자학적인 개그가 네 글의 행간에서 넘쳐흘렀고, 난 예나 지금이나 재미있는 사람에게 쉽게 반하니 말이야.

아침에는 너의 어머니가 싸주신 고구마나 빵 같은 것

7

을 나눠 먹었지. 가끔은 내가 출근길에 산 김밥 한 줄을 반 잘라 너에게 건네기도 했고. 우리가 나눈 건 음식뿐만이 아니었어. 주성치 DVD를 빌려주며, 주디 앤드 마리의 노래를 권하며, 요시나가 후미의 만화와 슈테판 츠바이크의 책을 맞바꿔 보며 취향의 테두리를 조금씩 넓혀갔잖니. 뭐랄까, 그곳은 직장이긴 했지만 너와 나 사이엔 교양 수업에서 만난 마음 맞는 친구끼리의 무드가 있었던 것 같아. 이거 좋은데 들어볼래? 저거 재밌는데 읽어볼래? 하며 서로가 딛고 선 원의 테두리를 점차 넓혀주던 그런 순간들에 기대어 나는 그 시기를 견뎠던 것 같기도 해.

　　말 많고 탈 많았던 그 회사를 차례로 그만두고, 넌 에세이스트가 되고 난 번역가가 됐지. 그러고도 시간이 제법 흘렀네. 그사이 너에겐 빌보라는 강아지 동생이 생겼고 내겐 유하라는 인간 아들이 생겼어. 이젠 주말은 물론이고 평일 저녁에도 아무런 어려움 없이 함께 공연을 보러 다니던 그 시절이 전생처럼 느껴져. 내가 이사를 가는 바람에 우리의 물리적 거리가 꽤 멀어지기도 했고 말이야. 요즘도 인스타로 매일 근황을 확인하고 카톡으로 대화도 자주 하지만 어젯밤 읽고 꽂혀버린 책 이야기를 오늘 점심을 먹으며 나눌 수 없다는 것, 함께 보던 만화의 신간을 샀는데 당장 빌려줄 수 없다는 것이 아쉬울 때가 있더라. 우리의 삶 속으로 들어온 새로운 존재들에게 시간과 에너지를 기꺼이 내주고 그 과정에서 차곡차곡 쌓인 이야기를 가끔 만나 함께 나누는 것에도 분명 의미는 있겠지. 하지만… 그것만으로 과연 깊은 만족감을 느낄 수 있을까?

어느 날 문득 그런 생각이 들었어. 우리가 매일 얼굴을 보던 때처럼 일상적으로 서로에게 좋은 자극이 될 수는 없겠지만, 어쩌면 지금도 서로의 원을 넓혀줄 순 있지 않을까. 그렇다면 그 매개로 가장 잘 어울리는 건 책이지 않을까. 세상을 대하는 태도는 비슷하지만 책 취향은 꽤나 다른 우리니까 말이야. 너와 내가 서로에게 책을 권하고 그것에 대한 감상을 문장으로 옮겨보기. 이건 무엇보다 나를 위한 작업이기도 했어. 사실 난 요즘 읽고 보고 듣는 것 모두가 모래처럼 형체를 남기지 않고 손가락 사이로 자꾸만 빠져나가는 느낌이 들거든. 남들은 친구들과, 가족들과 여행을 와서 아름다운 풍광을 보며 함께 감상을 나누는

데 나만 혼자 아무도 없는 폭포에 대고 이것 참 멋지네, 근사하네, 생각하다가 종국에는 그렇게 생각했다는 것조차 까먹고 마는 그런 느낌. 특히 유하를 재운 뒤 밤늦게 홀로 소파에 누워 읽는 책은, 아무리 나를 뒤흔들 만큼 좋았다 해도 그 감상이 내 세계 안에서만 갇혀 있다 사라지곤 했어. 언어로 옮겨두지 않은 독후감은 그렇게 흔적 없이 휘발되더라. 요컨대 서로가 권하는 책으로 원을 확장한다면, 그 확장된 원을 언어로 단단히 고정해두자는 욕심을 내본 거지.

네가 여기까지만 응해줘도 충분히 좋았겠지만, 너는 한술 더 떠 우리의 독서 교환일기에 '행동'을 추가하자고 제안했어. 가령 문신하는 주인공이 나오는 책을 읽으면 직접 몸에 문신을 새겨보고, 천체 관련 책을 읽으면 별을 보러 떠나는 식의 행동들. 과연 단행본 기획자의 '짬바'는 회사를 그만둬도 사라지지 않더구나. 그런데 진중한 러시아 문학 덕후인 너에게 "손발 오그라드는 일본 연애소설 추천해야지!"라고 했더니 "그럼 난 『전쟁과 평화』(문학동네판 기준 전 4권, 총 2,412쪽) 읽으라고 할 거야!"라고 응수해서 우리의 교환일기는 시작도 전에 종료될 뻔했고….

　너의 넓고 깊은 시선에 기대어 내가 나의 원을 가능한 한 멀리까지 넓힐 수 있기를 소망해본다. 운이 좋으면 너와 나의 원이 다른 사람들의 원과도 포개져 좀 더 넓어지고, 그 안에서 조그만 변화를 일으킬 수도 있겠지. 그렇다면 우리의 교환일기를 이렇게 책으로 내는 것에 의미가 아주 없지는 않을 거야.

　자, 그럼 이제 읽고 쓰고 행동하기를 시작해볼까.

택배 상자 이어달리기

『작은 아씨들』

루이자 메이 올콧 지음, 강미경 옮김, 알에이치코리아, 2020

- -

지수의 메모

나와 마찬가지로 연년생 언니를 둔 너라면 잘 알 거야. 자매란 게 (가끔 열받게도 하지만) 얼마나 애틋하고 소중한 존재인지를. 네가 분명 어릴 때 봤을 이 고전을 다시 권하는 이유는, 이걸 읽은 다음에 2020년판 영화를 보면 훨씬 재밌을 것이기 때문이야! 그레타 거윅의 천재적인 각색에 감탄하는 것도 잊지 말고.

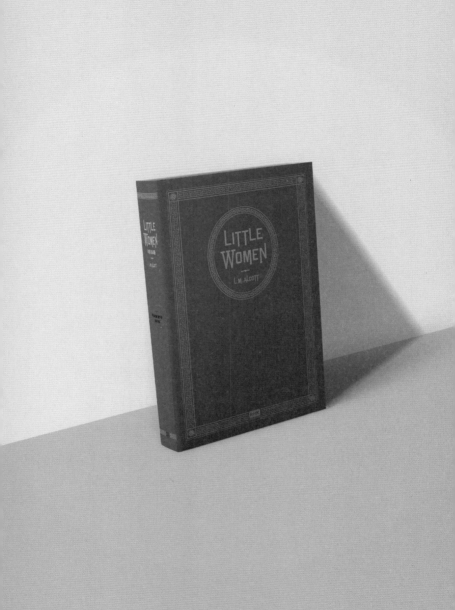

구달

기다리던 택배가 도착했다. 뚜껑에 낡은 송장이 덕지덕지 붙은 중고 상자. 맨 위에 붙은 깨끗한 송장에 지수의 이름과 주소가 적혀 있다. 직접 만나기는 곤란한 역병의 시대이니, 택배로 책을 교환하되 재사용이 가능한 지퍼 달린 상자를 활용해 포장 쓰레기를 줄이기로 한 것은 지수가 낸 아이디어였다. 송장 옆에는 케이블 타이가 스카치테이프로 고정돼 있었다. 상자 지퍼를 다시 묶을 때 이걸 떼서 쓰라는 뜻이겠지. 지수의 섬세함에 다시 한 번 감동하고 만다. 상자 안에 담긴 책을 하나씩 꺼냈다. 이미 카톡으로 책 목록을 공유한 상태였지만 실물 책을 손에 쥐고 이리저리 살펴보는 기분은 또 새로웠다. 오 이런, 자매님이 고른 고전소설이 976쪽짜리 벽돌 책이었구먼.

지수와는 2012년에 직장 동료로 처음 만났다. 채용 규모가 작은 출판계에서는 보기 드문 경력직 동기다. 덕분에 금방 친해졌는데 사실 나이는 두 살 차이가 난다. 이 책에서는 호칭을 생략할 테지만 평소에는 지수를 자매님이라고 부르고 있다. 나는 약간 본명 알레르기가 있어서 어떻게든 본명이나 흔한 호칭은 피하려고 애쓰는 편이다. 친할수록 더 그렇다. 그냥 평범하게 언니라고 부르면 발음에 애정이 실리지 않는 느낌이랄까. 그래서 좀 뜬금없지만 토마스 쿡 콘서트를 보러 갔다가 그가 여성 관객들을 자매님이라고 칭하는 걸 듣고 '이거다! 귀엽다!' 무릎을 탁 쳤던 날부터 지수는 자매님이 되었다. 교회에서 교인들이 서로를 부를 때 쓰는 호칭이기도 하다는 것은 한참 뒤에야 알았다.

자매님이 보낸 책 꾸러미에서 네 자매가 주인공인 소설 『작은 아씨들』을 첫 번째로 집은 건 무릎반사만큼이나 자연스러운 반응일 터. 동시에 매도 먼저 맞는 게 낫지 않겠느냐는 각오를 슬그머니 다졌다. 택배를 열자마자 나를 당황스럽게 만들었던 바로 그 벽돌 책이었다. 품에 안으니 무릎이 휘청했다. 정말이다. 인터넷으로 검색한 서지정보에 따르면 책의 무게는 1.05킬로그램. 표지 바탕색마저 어쩐 일인지 벽돌레드로 뽑은 탓에 공사 현장에 슬그머니 놓아도 어색하지 않을 위용을 자랑했다. 원래 평소에는 책 두께를 딱히 신경 쓰지 않는다. 재미있으면 넘치는 분량을 축복으로 받아들이고, 영 재미가 없으면 페이지가 얼마나 남았던 미련 없이 덮어버린다. 책을 완독해야 한다는 강박이 없다는 점이 내가 지금껏 독서인으로 살아남은 비결일 것이다. 그러나 이번에는 경우가 달랐다. 지수가 보낸 책은 모든 페이지를 끝까지 다 읽겠다는 나름의 원칙을 세웠기 때문이다. 완독에 집착하지 않는 성향은 독서를 지루한 의무가 아닌 즐거운 취미 생활로 여기게 만드는 데는 도움이 되었지만, 한편으로는 독서 편식을 갈수록 심화시켜 극히 좁은 분야의 책만 줄기차게 읽는 외골수의 삶으로 나를 이끌었다. 책의 내용이 조금만 낯설고 취향에 맞지 않다 싶으면 덮어버리는 독서 보수주의자가 된 것이다. 그렇다, 고작 서른일곱에 (독서) 꼰대가 될 수는 없다는 위기감이 지수와의 책 교환을 적극적으로 받아들인 이유였다. 그렇게 내 안의 보수주의를 타파하기 위해 선택한 첫 책이

19세기 미국의 목사 가족 이야기라니 참…. 인생은 알 수가 없다며 머리를 절레절레 흔들며 벽돌을 펼쳐 들었다.

널리 알려져 있듯이 『작은 아씨들』은 마치가家 네 자매의 성장담을 그린 소설이다. 미국 남북전쟁을 시대 배경으로 삼고 있지만 이야기가 펼쳐지는 공간은 전쟁터와 동떨어진 시골 마을로, 전쟁이 미친 영향은 아버지의 일시적 부재라는 특수한 상황으로 드러난다. 제1부는 아버지가 종군목사로 참전하여 집을 비운 사이 네 자매가 다양한 사건을 겪으며 조금씩 성장하는 과정을 그린다. 『작은 아씨들』 하면 누구나 떠올리는 유명한 일화들(말괄량이 조와 이웃집 소년 로리가 나누는 우정, 에이미가 연못에 빠지는 사건, 로런스 할아버지네 집에서 피아노를 치는 베스 등)은 대부분 제1부에 담겨 있다. 제2부는 전작의 인기에 힘입어 이듬해 출간되었다고 한다. 유년 시절을 통과한 네 자매가 각자의 고민과 꿈을 품고 새로운 세계로 나아가는 내용이다. 물리적 공간 역시 대도시 뉴욕과 물 건너 유럽으로 통 크게 확장되는 것이 확실히 성공한 작품의 속편다웠다. 그럼에도 네 자매가 여전히 서로에게 단단히 연결되어 있음을 아름답게 그리는 장면들은 '작은 아씨들'이라는 다섯 글자가 시대를 초월해 하나의 장르로 남아 있게 만든 힘 같았다.

기독교적 가치관을 강조하는 교회 설교 톤의 대사가 적지 않았음을 고백해야 할 것 같다. 종교 활동을 하지 않는 입장에서는 솔직히 지루한 대목이었다. 어머니가 실질적인 가장 역할을 수행할 때조차 아버지를 "가장이자 집안의 양심이요, 닻이자 위안을 주는 존재"484쪽라며 치켜세우는 문장은 가부장제 PPL인가 싶을 정도로 어색해서 독서의 흐름을 깼다. 분명 『작은 아씨들』은 어머니, 하녀 해나, 네 명의 딸로 이루어진 여성 공동체에서 벌어지는 일을 다룬 소설인데, 이 특별한 설정으로부터 흥미로운 이야깃거리가 뻗어 나온다는 점이 포인트인데, 굳이 아버지를 구심점으로 하는 가족 중심주의를 끼워 넣는다고? 고리타분하게 느껴졌다. 160년 전에 쓰인 작품이라고는 하지만…. 불편한 마음이 들 때마다 책장을 덮고 싶어 움찔대는 손을 잘 달래서 합장하듯 모아 흔들며 태평양 방향을 향해 빌었다. 그레타 거윅 감독님, 부디 영화에서는 하느님 아버지와 종군목사 아버지 분량을 대폭 줄여주소서. 보수적인 시선을 걷어내주소서.

사실 알고 있었다. 나는 꽤 오랫동안 고전 작품 위주로 독서를 해왔다. 어릴 적 우리 집 대문을 두드린 방문판매 사원의 화려한 언변에 힘입어 갖게 된 세계문학전집을 독서 밑천으로 삼은 덕이다. 단테의 『신곡』(1321)부터 톨스토이의 『부활』(1899)까지, 당대를 뒤흔든 작품에서 낡아버린 사고방식과 시대착오적 관점을 두루 섭렵하며 작가의 생몰 연대를 고려해 적당히 한쪽 눈을 감는 요령을 터득했다. 제아무리 명작이라 해도 책에 담긴 문장 전부가 시대를 뛰어넘을 수는 없었다. 그런데 남성 작가의 작품을 읽을 때는 잘만 작동하는 이 눈감기 기능이 여성 작가의 작품을 읽을 때는 종종 오작동을 일으켰다. 가령 도스토옙스키와 루이자 메이 올콧이 똑같이 재능 많은 여주인공을 집안에 눌러앉혀도 올콧에게 유독 더 실망하고 섭섭함을 느낀다고 해야 하나. 이번에도 마찬가지였다. 네 자매가 풀어내는 서사에 이끌리면서도 마음이 자꾸 꽁하게 뭉치는 걸 어쩌지 못한 채로 책장을 덮었다.

영화를 틀었다. 유튜브로 영화를 구매하거나 대여할
수 있다는 소문은 들었지만 직접 결제하기는 처음이었다.
평소에 영화를 그리 즐기지 않는 데다(1년에 다섯 편쯤 본
다) 방구석 1열보다는 영화관 J14열을 선호하는 취향을 가
진 탓이다. 나는 가족들과 함께 살고 있는데, 반려견 빌보
가 자유롭게 드나들도록 항상 방문을 살짝 열어두고 지낸
다. 하여 모두 깊이 잠든 야심한 밤을 택해 침대에 간이 영
화관을 차렸다. 팝콘과 콜라 대신 준비한 고구마와 두유를
먹겠다고 부스럭거리다가 빌보를 깨우는 바람에 옆구리
한 좌석(과 고구마 반 개)을 내줘야 했지만. 강아지와 등을
맞대고 폭신한 이불을 두르고서 작게 낮춘 볼륨에 귀 기울
여 감상하기에 더없이 좋은 영화였다.

그레타 거윅의 천재적인 연출에 관해서라면 〈작은
아씨들〉이 2020년 한 해 동안 각종 영화제에서 쓸어 담은
트로피로 이미 충분히 증명되었으니 더 말을 보탤 필요는
없을 듯하다. 가장 놀라운 건 다름 아닌 나 자신, 즉 합장
기도의 효험이었다. 원작 소설을 읽으며 걷어내주십사 빌
었던 장면들이 하나도 빠짐없이 각색되어 있는 게 아닌가.

소설 말미에 조가 대고모의 유산으로 설립한 학교를 "가르침과 보살핌과 배려가 필요한 소년들에게 집처럼 행복한 곳"962쪽이라고 묘사한 문장이 있었다. 영화에서는 그 한 줄을 성별에 관계없이 모든 아이가 한데 어울리는 장면으로 표현했다. 비혼주의자로 그려진 조가 결혼을 선택하는 결말은 그대로였지만, 조가 작가로서 출판사 편집자와 출간 협상을 하면서 판권과 인세라는 실속을 챙기는 대신 소설 속 주인공을 결혼시키는 데 동의하는 장면이 추가되었다. 결말을 다르게 해석할 수 있는 여지를 남긴 것이다. 심지어 설치류 공포증을 이기지 못하고 '조의 반려 생쥐 스크래블만은 캐스팅하지 말아줘요' 하고 빈 소원마저 이루어졌다. 종교가 없는 자의 기도발이 이렇게 좋아도 괜찮을까요…가 아니라 감독이 각색에 얼마나 많은 공을 들였는지가 여실히 느껴졌다. 현대에 맞지 않는 설정이나 표현을 (내가 경망스럽게 빌었듯이) 싹 다 걷어내는 대신, 원작자가 담고자 했던 메시지에 집중하여 그것이 21세기 관객들에게 충분히 설득력 있게 전달될 수 있도록 장면 하나하나를 세심하게 가다듬은 듯했다.

"네 꿈과 내 꿈이 다르다고 해서 중요하지 않은 것은 아니야."

소설에는 없고 영화에만 있는 대사다. 제발 결혼 때문에 배우라는 꿈을 포기하지 말라고 울며 매달리는 동생 조에게 메그가 건넨 말. 그 장면을 보는 내 표정은 메그 말을 듣고 조가 지은 표정과 똑같았을 것이다. 사랑하는 사람과 함께하고 싶다는 바람이 직업적 성취를 이루고자 하는 야심보다 더 크고 간절할 수도 있는데, 나는 조와 마찬가지로 그것을 믿으려 하지 않았다. 그뿐인가. 딸이 아버지를 아버지라서가 아니라 선한 영향력을 미치는 어른으로서 존경할 수도 있다는 생각 역시 내 머릿속에 들어 있지 않았다. 나야말로 고리타분하고 편협한 여성 서사 이미지에 갇혀 『작은 아씨들』을 납작하게 읽어냈던 것이다.

앞 세대 여성들이 멈춰 선 지점이 가끔은 내 앞에 그어진 선처럼 느껴지곤 했다. 그들의 한계를 바통처럼 넘겨받은 덕분에 출발선을 앞당길 수 있었으면서, 고마워하기보다는 아쉬워했다. 그래서일까. 그레타 거윅이 160년 전 소설을 영화로 재해석한 방식에서 깊은 인상을 받았다. 거웍은 한 인터뷰에서『작은 아씨들』을 각색하면서 원작자인 올콧의 생애로 깊숙이 들어가려 했다고 밝혔다. 영화〈작은 아씨들〉은 젊은 여성 소설가 조가 현실의 벽에 가로막히는 장면에서 시작한다(주인공이 여자면 끝엔 꼭 결혼시키거나 죽이라는 편집장을 만난다…).『작은 아씨들』을 집필하던 시기에 올콧이 실제로 겪었음직한 상황이다. 어쩌면 올콧에게는 자기 앞에 그어진 넘을 수 없는 선처럼 느껴졌을 바로 그 장면에서 거웍은 이야기를 넘겨받았고 새로운 작품을 완성해냈다. 어떤 이야기는 100년, 200년의 시간을 건너 이어달리기 하듯이 확장되기도 한다. 노트북을 덮고, 무게를 고려해 책장 맨 아래 칸에 꽂아두었던『작은 아씨들』을 다시 꺼냈다. 19세기 여성들의 목소리에서 '나'를 통과하여 바로 지금 여기로 이어질 수 있는 이야기를 찾고 싶어졌다. 아무래도 지수가 택배 상자에 담아 보낸 것은 벽돌이 아니라 자매애 이어달리기에 필요한 바통이었던 모양이다.

위대하지 않은 사람이 남긴
위대한 글

『도스또예프스끼 평전』

에드워드 H. 카 지음, 권영빈·김병익 옮김, 열린책들, 2011

구달의 메모

도스토옙스키는 나의 최애 작가인데, 누구와도 이 덕심을 나눌
수 없어서 그동안 많이 외로웠지 뭐야. 이번 기회를 틈타 도스
토옙스키의 세계로 지수를 유인(?)하려 해. 차마 두꺼운 소설을
추천할 수 없어서 평전으로 골랐어. 근데 이 평전을 쓴 사람이
역사학자 E. H. 카…. 살짝 아니, 많이 찔리네. 후루룩 넘기기
좋은 그래픽노블 평전도 함께 넣었으니까, 아무거나 하나 골라
읽고 나랑 딱 한 시간만 덕질 토크 해주라.

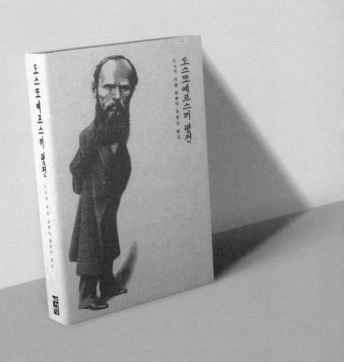

지수

『톰 소여의 모험』을 쓴 미국 작가 마크 트웨인은 "고전이란 누구나 알지만 아무도 끝까지 읽지 않은 책"이라고 말했다. 내게는 도스토옙스키의 작품들이 바로 이에 해당한다. 『죄와 벌』『악령』『까라마조프 씨네 형제들』과 같은 제목에서부터 풍겨오는 장중한 오라aura에 지레 주눅 들어 좀처럼 도전할 용기를 내지 못하는 것이다.

한데 내가 마지막으로 다닌 직장(출판사)에는 내 평생 처음 보는 도스토옙스키 팬이 있었다. 그는 도스토옙스키를 '도끼 형'이라 부르며 애정을 드러냈고 휴가 때는 도끼 형의 숨결을 느끼러 러시아로 여행을 떠나기도 했다. 그의 은은한 도끼 형 영업에 휘말린 나는 2014년의 도서정가제 개정 직전 마지막 빅 세일 찬스가 왔을 때 『죄와 벌』『악령』

『까라마조프 씨네 형제들』을 사들여 어느 한가한 날 『죄와 벌』부터 먼저 펼쳐봤다.

아아, 등장인물 소개란부터 나의 정신은 혼미해졌다. 뿔헤리야 알렉산드로브나 라스꼴리니꼬바, 뽀르피리 빼뜨로비치, 마르파 빼뜨로브나 스비드리가일로바. 속으로 옮기만 해도 숨이 가빠오는 된소리와 거센소리의 호된 공격. 심지어 러시아인들에게는 애칭을 부르는 습관이 있어서 가령 라스꼴리니꼬프(주인공)라면 로지온 로마노비치, 로쟈, 로지까 등으로 다양하게 불러대는 통에 혼란은 더욱 가중되었다. 나는 책을 읽으며 서너 장에 한 번 꼴로 등장인물 소개란으로 돌아가 "스비드리가일로바는 스비드리가일로프의 아내, 쁘라스꼬비야 빠블로브나는 라스꼴리니꼬프의 집주인, 니꼴라이 제멘찌에프는 칠장이" 하고 되뇌어야 했다(등장인물 소개란이 따로 있는 데에는 다 이유가 있었다). 게다가 이것은 아무리 책장을 넘겨도 끝이 보이지 않는, 거의 900페이지에 달하는 대작이 아니던가….

그러나 이 작품을 결국 완독해낸 건 '산 책은 읽어야 한다'라는 의무감이나 '친구가 좋아하는 데는 이유가 있겠지'라는 믿음 때문만은 아니었다. 자신의 이론을 검증하기 위해 살인을 저지르는 주인공 라스꼴리니꼬프의 심리 상태가 마치 눈앞에서 손금을 펼쳐 보는 것처럼 지독히 세밀하게 묘사되어 있어서, 이야기의 흐름에 잘 올라타기만 하면 의외로(?) 떨림과 흥분을 느끼며 읽을 수 있었던 것이다. 가령 살인 사건에 대한 뉴스를 전해주는 누군가의 말을 들으며("그 고리대금업자, 관리의 미망인 노파 살인 사건 말이야…, 지금 칠장이가 말려들었어…") 라스꼴리니꼬프가 감정의 동요를 막기 위해 벽 쪽으로 돌아누워 벽지의 꽃무늬를 뚫어져라 관찰하는 대목은 몇 년이 지난 지금까지도 생생히 기억난다. 거의 정신을 탈곡시키는 듯한 굉장한 독서 체험이었고, 바로 그 때문에 연달아 도스토옙스키의 책을 읽기가 두려웠다. 『악령』은 저 멀리 밀어둔 채로 몇 년이 지났다.

그런데 지금 나는 또 다시 도스토옙스키와 대면해야만 하는 상황에 봉착해 있다. 예의 그 친구(도끼 형 팬) 구달이 이번 독서 리스트에 『도스또예프스끼 평전』을 슬쩍 끼워 넣는 만행을 저질렀기 때문이다. 심지어 미션은 '구달과 도스토옙스키 토크 나누기'라니. 녀석, 그간 도스토엡스키 토크가 많이 고팠나…. 사실 구달은 전에도 우리가 함께하는 독서 모임에서 도스토옙스키의 『지하로부터의 수기』를 대상 도서로 선정한 적이 있다. 나는 그때 역시 괴로움과 압박을 느끼며 책과 씨름했고, 그럼에도 불구하고 고통 속에서 느꼈던 손톱만 한 재미를 다소 부풀려 말함으로써 구달을 기쁘게 하려고 애썼다. 이제 와 생각해보니 그건 배려가 아니라 일종의 허세였지만.

마침 세 달 동안 작업해온 번역 원고를 마감해 며칠 간 여유가 생겼다. 야심차게 『도스또예프스끼 평전』을 집어 들어봤더니 지은이가 E. H. 카였다. E. H. 카라 하면… 『역사란 무엇인가』라는 '고전 중의 고전'을 쓴 그분 말입니까…(그 사람이 그 책을 썼다는 사실을 안다는 뜻이지 내가 읽었다는 뜻은 아니다).

E. H. 카는 내 기대(?)를 배신하지 않고 "이 평론은 어조상으로는 도전적이지만 그러나 그 통렬함은 적을 향한 것이라기보다는, 아직은 우정이 무시되고 거부되고 있지만 장차 친구가 될 사람의 통렬함이었다"[108쪽]와 같은 문

장의 향연으로 나를 자비 없이 괴롭혔다. 나는 그만 참지 못하고 책을 도중에 집어던진 뒤, 이런 상황을 예상하기 라도 한 양 구달이 함께 빌려준 만화 전기 『도스토옙스키—대문호의 삶과 작품』*을 꺼내 왔다. 이 만화책을 핥듯이 읽었더니 도스토옙스키가 어떤 환경에서 나고 자라 어떻게 글을 쓰기 시작했는지, 두 번의 결혼 생활과 그 이후의 인생은 어떠했는지 대충 파악이 됐다(실은 이 만화책에서도 그의 작품과 인생이 너무나 시적으로 압축되어 있었던 탓에 이해하기가 결코 쉽지는 않았음을 고백한다).

하룻밤 자고 일어나 다시 평전으로 돌아가서 도스토옙스키의 삶을 본격적으로 따라 걸었다. 만화책 예습 덕분에 읽기가 좀 편해졌는지 책장은 어제보다 수월하게 넘어갔는데, 이번에는 도스토옙스키의 인생 전개가 고구마였다. 무엇보다 그는 경제적으로 아주 무능했다. 재산을 관리하는 능력이 없었던 탓에 늘 거액의 빚에 시달렸고 소설은 대체로 빚을 갚기 위해 썼다. 돈이 있을 때는 펜을 잡지

---

* 비탈리 콘스탄티노프, 박종대 옮김, 미메시스, 2019.

않았고 도박장에서 습관적으로 가산을 탕진했다. 게다가 본인의 가족이 곤궁에 처해 허덕이는데도 성년이 된 의붓아들과 형수 일가에게 자꾸만 돈을 건넸다. 이를 보다 못한 두 번째 아내는 거머리 같은 일가친척들로부터 도스토옙스키를 떼어놓기 위해 장장 4년 동안 그와 함께 외국을 떠돈다.

이 두 번째 아내를 만난 스토리가 또 기가 막혔다. 돈이 급했던 도스토옙스키는 스쩰로프스끼라는 출판업자에게 선불을 넉넉히 받고 그 대가로 '마감일을 넘기면 스쩰로프스끼가 도스토옙스키의 현재 및 미래의 소설 전부를 무료로 출판할 권리를 가진다'라는 악마의 계약을 체결했다. 그러나 도스토옙스키는 12월 1일까지 넘기기로 한 소설을 9월까지 한 줄도 쓰지 못했고, 이를 보다 못한 친구가 글을 빨리 쓰라고 알선해준 속기사가 바로 그 두 번째 아내인 안나 그리고리예브나 스니뜨끼나였다.

젊고 의지력 강한 안나는 탁월한 꼼꼼함으로 도스토옙스키의 원고료 관리를 도맡았고, 그 덕에 도스토옙스키는 만년에 가까스로 찾아온 안정적인 생활 속에서 대작

『까라마조프 씨네 형제들』을 썼다. 그러나 경제적 안정과 문학적 성취를 함께 이룬 이 시기의 행복을 오래 누리지 못하고 그는 급작스러운 죽음을 맞이했다. 죽기 불과 3개월 전까지만 해도 '다음 20년 동안 살아가며 써야 할 것들'의 리스트를 만들며 의지를 보였던 그가, 어느 날 유산 문제로 누이동생들과 다투고 흥분한 탓에 폐의 동맥이 터져 사흘 뒤에 숨을 거둔 것이다. 이쯤 되면 도스토옙스키의 인생 자체가 돈과의 전쟁이 아닌가 싶고, 한편으로는 그가 돈에 쫓기는 삶을 살지 않았다면 과연 우리가 아는 걸작이 세상에 나올 수 있었을지 의문이기도 하다.

우리는 보통 위대한 글을 쓰는 사람은 실제로도 위대한 인품을 갖추었을 거라고 생각한다. 그러나 대부분의 경우 글의 품격은 작가를 앞서간다. 글은 작가가 오랫동안 벼려낸 생각의 결정체이므로 실제 생활에서 작가의 언동은 대개 글만큼 정연할 수 없다. 안나 또한 도스토옙스키가 작가로서는 위대했을지 모르지만 인간으로서나 남편으로서는 위대하지 않았다고 술회했다.

글의 품격이 작가를 앞서간다는 것은, 바꿔 말하면

위대하지 않은 인간도 위대한 글을 쓸 수 있다는 뜻이다. 그리고 이를 증명하듯 걸핏하면 화를 내는 다혈질에 경제적으로도 무능했던 한 인간이 채권자의 손아귀에서 벗어나기 위해 1800년대에 쓴 글들이 백수십 년의 세월이 지난 지금까지도 여전히 전 세계에서 사랑받고 있다(그 사랑이 얼마나 뜨거운지 확인하려면 도스토옙스키의 아무 책이나 펼쳐서 몇 쇄를 찍었는지 확인해보시라).

위대하지 않은 인간도 위대한 글을 쓸 수 있다는 것. 고결하지 않은 인간의 글도 고결할 수 있다는 것. 글을 쓰는 사람에게 이보다 더 큰 희망은 없을 것이다. 다음 번역 마감이 끝난 뒤에는 『악령』에 도전해볼까 한다. 러시아식 이름을 읽는 고통쯤이야 각오한 바다.

**도스토옙스키 덕후에게
물어보았다!**

도스토옙스키의 삶과 소설에 대한 나의 이해가 아무래도 다소 평면적인 것 같아서 내가 아는 최고의 (그리고 유일한) 도스토옙스키 덕후, 구달을 만나 도끼 형의 이모저모를 캐물어보았다. 모쪼록 구달의 이야기에서 도스토옙스키의 응숭 깊은 매력을 발견해주시기를.

지수 나한테 도스토옙스키를 권한 이유가 뭔가? 이 세상에 도스토옙스키 팬을 한 명이라도 더 늘리기 위한 음모인가?

구달 (웃음) 도스토옙스키를 같이 읽고 대화를 나눌 친구가 있으면 좋겠다고 생각했다. 난 도스토옙스키를 어릴 때부터 읽어와서 다른 사람의 감상이 늘 궁금했는데, 아무래도 좋아하는 사람이 주위에 한 명도 없으니까.

지수 도스토옙스키 작품을 언제 처음 읽었는지?

구달 엄마가 어렸을 때 방판으로 80권짜리 세계문학전집을 사줬는데, 거기서 처음 보고 관심을 가지게 됐다. 중고등학교 때쯤이었던 거 같고, 작품은 『죄와 벌』이었다. 그런 다음 열린책들에서 나온 '도스토옙스키 전집'을 찾아 한 작품씩 읽어나갔다.

지수 러시아 이름이 복잡해서 읽기 힘들지 않았나?

구달 독일 책, 프랑스 책, 러시아 책을 계속 읽어왔으니 딱히 어렵다고 생각하지 않았다. 국적이 다른 부모를 둔 아이들이 두 언어를 어렵지 않게 익히는 것과 비슷한 이치랄까(웃음).

지수　가장 좋아하는 작품과 구절을 알려달라.

구달　좋아하는 게 많아서 고민이 되는데, 가장 많이 읽은
작품은 『악령』이다. 책마다 흥미를 느꼈던 인물이나
사상이 달라서 구절 하나를 뽑기 어렵지만, 그중에
서도 가장 영향을 많이 받았다고 할 수 있는 문장은
『까라마조프 씨네 형제들』에서 조시마 장로가 말한
"인간은 모든 인간들에 대해 죄가 있다"인 것 같다.
그러므로 서로를 용서해야 한다는 의미다. 타인을
함부로 판단하거나 쉽게 비난하지 않으려 애쓸 때마
다 나는 이 문장에 빚을 진다.

지수　도스토옙스키의 책은 여러 판본이 존재하는데, 특히
추천하는 출판사와 번역가가 있는지?

구달　어렸을 때부터 열린책들 판본으로만 책을 사 모아
읽어서 비교해본 적이 없다. 이 질문을 듣고 다른 판
본으로 읽어보는 것도 재밌겠다는 생각을 했다.

지수　좀 멍청한 질문인 것 같긴 한데 개인적으로 궁금해
서 물어본다. 가령 상하권으로 된 약 900페이지짜리
도스토옙스키 작품이라면, 구달은 보통 읽는 데 얼
마나 걸리나?

구달　못해도 열흘 정도? 지금 읽으면 재독하는 거니까 시
간이 단축되겠지만 그래도 쉽게 읽을 수는 없을 것
같다. 재밌는 게, 나는 현실에서 하루를 꼬박 붙들고
읽었는데 소설에서는 겨우 한두 시간밖에 흐르지 않
았을 때도 있다. 생각해보니 어릴 때 언니랑 두꺼운
러시아 소설을 누가 더 빨리 읽는지 내기도 하고 그
랬다.

지수　평전을 읽다가 도스토옙스키의 삶(자산 관리 능력 제
로, 낭비벽 있음, 늘 빚에 쫓겨 그걸 갚기 위해 글을 쥐
어짜냄, 금사빠 등등)이 발자크의 삶과 너무 비슷해
서 깜짝 놀랐다. 구달은 발자크도 좋아하는 것으로
알고 있는데, 혹시 이들 작품의 유사성이 있을까?

구달 빚을 갚으려고 글을 쥐어짜냈다기보다는 '생활고와 창작 욕구가 항상 맞물려 있었다' 정도로 해두고 싶다. 자꾸만 우리 도끼 형 지켜주고 싶고 대신 변명해주고 싶고 그런 마음이 든다. 실제로 도스토옙스키가 발자크를 굉장히 좋아했다고 한다. 그 당시 발자크가 러시아에서 최고 인기 있는 프랑스 작가였다고 하니 영향을 받지 않을 수 없었을 테고. 도스토옙스키는 이십대 초반(전업 작가가 되겠다며 육군 소위를 때려치우고 이것저것 닥치는 대로 해보던 즈음)에 발자크의 소설 『외제니 그랑데』를 번역하기도 했다. 작품의 유사성은 잘 모르겠는데, 둘 다 소설을 통해 인간을 이해해보고자 하는 야심(?)이 아주 컸던 것 같다. 그러기 위해 발자크가 사회 속에서 인간을 관찰했다면, 도스토옙스키는 인간의 내면으로 깊숙이 파고든 느낌이랄까. 도스토옙스키 소설을 읽으면 인간의 내면이 사회 혹은 세계 전체보다도 훨씬 복잡하고 광활하다는 걸 깨닫게 된다.

지수 구달은 도스토옙스키 시대의 다른 러시아 작가들, 일테면 체호프나 고골도 좋아하지 않나. 러시아인의 특성(?)에 대해서도 그만큼 잘 알 것 같아서 막 던져보는 질문인데, "유럽은 러시아를 이해할 수 없지만, 러시아는 유럽을 이해할 수 있다" "인간이 구원받기 위해서는 먼저 러시아인이 되어야 한다"라는 도스토옙스키의 말을 어떻게 이해하면 좋겠는가?

구달 『로쟈의 러시아 문학 강의』라는 책에는 심지어 이런 시 구절도 등장한다. "러시아는 이성으로 이해할 수 없네 / 보편의 자로 잴 수도 없네". 대체 러시아는 뭘까? 나도 알고 싶다. 그래서 러시아어도 배워보고, 러시아 대륙에 발이라도 대보려고 3박 5일 패키지로 블라디보스토크에도 가보고, 도서관에 틀어박혀서 러시아 역사책이며 민담집이며 닥치는 대로 찾아 읽어보기도 했는데… 나의 덕력만 확인한 기분이다. 아무튼 "유럽은 러시아를 이해할 수 없지만, 러시아는 유럽을 이해할 수 있다"라는 말을 이해하는 데 아주 도움이 될 만한 참으로 흥미로운 작품이 있다. 열린책들 도스토옙스키 전집 중 하나인 『악어 외』다. 그 책에 실린 「여름 인상에 대한 겨울 메모」를 읽어보자. 유럽을 여행하며 성찰한 내용을 담은 에세이인데 100쪽도 안 된다. 물론 줄 간격이 다소 빽빽하지만….

지수 '메모'인데 '100쪽이나 된다'가 아니라 "100쪽도 안 된다"인 건가(웃음). 도스토옙스키 관련 재미있는 일화가 있다면 좀 들려달라.

구달 데뷔작인 『가난한 사람들』이 소위 말해 대박이 나면서 도스토옙스키가 허세를 좀 부렸다. 가령 지인한테 차기작에 대해 편지를 쓰면서 "나의 명작이 될 겁니다"라고 한다거나.

지수 "나는 『가난한 사람들』을 제외하고는 선불을 안 받고 책을 쓴 적이 없다"라고 뽐내기도 했더라.

구달 음, 그것도 허세였을 확률이 높다. 늘 빚에 쫓기고 돈에 쪼들리느라 선불을 당겨 받는 대신 굴욕적인 조건으로 작품을 팔아야 했으니까. 아무튼 젊은 작가가 허세를 부리니까 당대 유명 작가였던 투르게네프가 꼴 보기 싫었는지, "도스토옙스키가 글쎄 『가난한 사람들』에 금박 테두리를 둘러서 출판하고 싶어 한다더라"라며 그렇게 흉을 보고 다녔다고 한다 (웃음). 그래서인지 나는 투르게네프가 쓴 소설은 괜히 쪼잔하게 느껴진다. 원고료에 관해서는, 그전까진 소설 연재 1회분에 150루블을 받다가 『미성년』이라는 작품 때는 250루블로 계약해서 기뻐했는데 나중에 같은 잡지에서 톨스토이가 『안나 카레니나』로 500루블을 받는다는 것을 알고 화를 내기도 했다.

지수 도스토옙스키 입문서로 추천하고 싶은 책과 그 이유는?

구달 『지하로부터의 수기』. 두께도 적당하고, 지하에 고립

된 인간의 일인칭시점이니만큼 등장인물도 많지 않아 이름이 안 헷갈린다(웃음). 이걸 읽고 흥미롭다고 생각한다면 다른 소설로 넘어갈 수 있을 것 같다.

지수 함께 읽으면 좋을 러시아 작가도 추천해달라.

구달 체호프. 도스토옙스키 말년에 체호프가 젊은 작가로 등장했는데 스타일이 완전히 다르다. 체호프가 보여주는 삶의 단편을 보는 재미가 있는데, 그중에서도 「우수」라는 단편을 강추한다. 주인공이 마부인데 아들이 죽었다. 그런데 그 슬픔에 대해 얘기할 때, 단지 '죽었다'라고만 하는 게 아니라 무슨 병이 있어서 어떻게 죽었고 우리 집에는 어떤 상황이 있었는지 얘기를 해야 마음이 풀릴 거 아닌가. 그런데 손님들은 그런 얘기를 안 들어주니까, 집에 가서 말한테 여물을 주면서 한다. 그러면 말이 핥아주기도 하고…. 사람이 자기 슬픔에 대해 말하는 걸 가로막는 게 무척 심한 폭력이라는 걸 그 책을 보고 깨달았다.

지수 마지막으로 도스토옙스키를 영업하는 멘트를 부탁 드린다.

구달 지금 얘기하면서 느꼈는데 이미 글렀다는 생각이 든 다. 각자가 좋아하는 책을 읽다가 어딘가에서 우연 히 취향이 마주치기를 바라야 할 것 같다(웃음). 도 스토옙스키가 어렵다면 그의 영향을 받은 현대 작가 의 작품부터 읽어보는 건 어떨지? 히라노 게이치로 의 소설 『결괴』를 추천한다.

덕업일치로 가는 길

『김이나의 작사법』

김이나 지음, 문학동네, 2015

지수의 메모

우리가 같이 회사를 다닐 때, 넌 기발한 랩 가사를 곧잘 썼던 반면 난 단 한 줄도 제대로 쓰지 못했던 거 기억나니. 가사를 쓰는 작업을 동경하지만 직접 쓰지는 못하는 내가 이 책을 산 것도 작사의 비법을 알고 싶다는 마음에서였어. 근데 지금까지 시도조차 안 하고 있는 걸 보면, 난 아무래도 남이 쓴 가사를 보고 감탄하는 게 체질에 더 잘 맞나 봐. 이거 읽고 네가 나 대신 팝송 음절 수를 따서 작사에 도전해줘. 이번에도 나는 감탄하는 역할을 맡을게.

구달
....

그런 때가 있었다. 업무 문서 위로 투명도를 조절한 메신
저 창을 띄우고 랩 메이킹을 하던 시절. 내가 회사 생활
의 희로애락을 여덟 마디로 요약해 비트에 실어 보내면,
파티션 너머에서 다급히 틀어막은 듯한 큽 하는 웃음소리
가 희미하게 들렸다. 나의 자작 랩이 지수의 웃음 버튼을
누르는 데 성공한 것이다. 어찌나 뿌듯하던지. '큽'을 캐치
한 날은 힙합 경연 프로그램에서 합격 목걸이를 받은 래
퍼 마냥 희열을 느꼈다. 마침 〈Show Me The Money〉 시
즌1을 열심히 챙겨 보던 무렵이어서 그랬나 보다. 참고로
지수는 본인이 랩을 한 줄도 쓰지 못했다고 고백했지만,
기억하건대 높으신 분이 참석한 전체회의를 한바탕 부조
리극으로 묘사한 풍자시를 한 수 지어 내게 전송한 적이

있다. 풍자시에 박자를 욱여넣어 읊으면 그것이 랩 아닐까? 그러고 보면 지수와 내가 맺고 있는 우정의 모양은 참 희한하다. 우리는 다른 무엇도 아닌 서로를 웃기고 싶은 열망으로 단단히 묶여 있다. 그러니 경쟁하듯 랩을 짓고 시를 썼겠지.

　지수와 한 사무실에 앉아 몰래 메신저를 켜놓고 서로를 웃기던 추억도 어느덧 6, 7년 전 일이 되었다. 당시 우리는 각기 수차례의 이직과 직업 바꾸기를 거쳐 비교적 적성에 잘 맞는 분야인 출판계에 안착했지만, 동시에 아무리 노력해도 바꿀 수 없는 기질로 인해 도무지 조직 생활에 적응하지 못하는 괴로움을 공유하고 있었다. 먼저 지수가 회사를 그만두고 일본어 번역가의 길로 들어섰다. 뒤이어 내가 사표를 내고 에세이 작가라는 직업을 택했다. 갈래는 나뉘었지만 같은 출판계 종사자로서, 스스로 밥벌이를 책임지는 프리랜서로서 지수와 나는 여전히 서로를 좋은 동료로 곁에 두고 있다. 행운이라고 생각한다. 직장인에게나 프리랜서에게나 유머 코드가 맞는 동료를 얻는 축복은 쉽사리 찾아오지 않는 법이니까. 그동안 둘 다 웃음을 잃지

않을 만큼은 밥벌이를 해왔구나 싶어 남몰래 가슴을 쓸어
내린 것도 사실이다.

지수가 남긴 메모를 읽지 않은 채로도 『김이나의 작
사법』을 추천한 이유가 짐작이 갔다. 김이나 작사가는 명
실공히 업계 최고 위치에 오른 대표적인 프리랜서 노동자
다. "좋은 일꾼으로서의 글쓰기, 10년간의 생존기". 대문
짝만하게 적힌 띠지 문구마저 의미심장했다. 성공한 프리
랜서 선배가 일하는 방식에서 뭐든 유용한 깨달음을 얻어
가라는 취지 아니겠는가. 그리하여 허리를 곧게 펴고 구루
의 가르침을 구하는 후배의 마음으로 책을 펼쳤는데, 의외
로 지수의 요청은 본인을 대신해 작사에 도전해달라는 것
이었으니… 참으로 난감해졌다. 고작 여덟 마디 랩을 장난
삼아 써본 게 전부인 음치 에세이스트가 작사법 책을 골똘
히 들여다본들 근사한 노랫말을 뚝딱 써내는 일이 가능할
리 없었다. 짧디짧은 고뇌 끝에 결정을 내렸다. 작사 비결
같은 거 캐내려 애쓰지 말자, 가슴이 이끄는 대로 독서를
즐기자. 그 가슴이란 케이팝만 들으면 비트에 맞춰 요동치
는 심장을 의미했다.

책장을 넘기자 가요계를 강타했던 수많은 히트곡의 작업 비화가 쏟아졌다. 혹시 아는지, '천하무적 이효리'라고 노래 제목을 지은 당사자가 이효리 본인이라는 사실을? 부두술 콘셉트로 무대를 뒤집어놓았던 브라운아이즈 걸스의 〈아브라카다브라〉와 동화 『신데렐라』에서 호박을 꽃마차로 바꾸는 마법인 '비비디 바비디 부'의 연결고리는? 댄스곡 가사는 문장력을 잃는 한이 있더라도 흥을 끌어올리는 게 중요하다는 설명을 읽고는 이마를 탁 쳤더니 주술 호응이 맞지 않는 가사를 참지 못하는 병이 고쳐졌다. 가사는 귀로 듣는 글이기에 '읽을 눈'을 의식해서 쓰면 노래를 망친다고 한다. 곡의 구성과 편곡에서 힌트를 얻어 테마를 잡고, 소설 속 인물을 구상하듯이 캐릭터를 만들고, 시어를 고르듯 리듬감을 살릴 만한 단어를 찾아 적재적소에 배치하는 작사 과정은 또 어찌나 흥미진진하던지. 원래 독서할 때는 집중력이 흐트러져서 음악을 틀지 않지만 이번만큼은 참지 못하고 책에 실린 노래들로 플레이리스트를 만들어 재생시켜버렸다. 아아, 이 곡은 콘셉트돌 빅스의 〈다칠 준비가 돼 있어〉로구나. 노랫말 속 화자는 알면서 당하는 로맨틱한 호구 캐릭터라지, 좋다 좋아.

　책의 마지막 장을 덮었지만 노래는 계속 이어졌다. 윤상과 성규가 함께 부른 〈Re: 나에게〉를 틀어둔 채로 노트를 펼쳐 독서하는 내내 머릿속에 따라붙었던 단어를 적었다. 덕업일치. 좋아하는 분야와 직업을 일치시킨 경우를 일컫는 표현이다. 벨소리 차트 만드는 일을 하면서도 음악 업계에 몸담고 있다는 사실이 너무나 기뻤다고 말하는 김이나 작사가는 진정 덕업일치의 아이콘이었다. 심지어 그는 윤상의 광팬으로서 윤상이 부를 노랫말 의뢰를 받은 순간이 신의 계시쯤으로 여겨지더라고 썼다. 책에 적은 문장마다 작사가라는 직업은 물론 가요계를 향한 애정이 묻어나서 읽는 사람마저 덩달아 마음이 들뜰 정도였다. 분명 웬만한 새가슴은 뼈도 못 추릴 만큼 경쟁이 치열하고 마감이 촉박한 노동 환경인 듯한데, 그래도 일이 너무 좋고 재미있고 짜릿하고 즐겁다는 것이다. 신기하고도 낯선 감정이었다.

　그간 나는 주변으로부터 덕업일치를 이뤘다는 오해를 종종 받아왔다. 독서가 취미인 사람이 출판사에 취직해 편집자로 일했고 지금은 글을 쓰고 있으니, 오해를 받을 만도 하다. 구구절절한 양말 애호의 역사를 담은 『아무튼, 양말』을 쓴 계기로 양말 가게 점원으로 스카우트되었으니, 앞으로 보나 뒤로 보나 덕업일치라는 과업을 이룬 듯이 보일 것이다. 실제로 양말 가게에 취직한 이후에 한 매체와 인터뷰를 한 적이 있는데 비슷한 질문을 받았다. "덕업일치를 이룬 기분이 어떠세요?" 그때 나는 이렇게 대답했다. "아유, 제가 양말을 고르거나 사 신기만 해도 통장에 현금이 팍팍 꽂혀야 덕업일치죠. 양말을 파는 일과 양말을 좋아하는 일은 다르다고 생각해요. 전자는 밥벌이고, 후자는 취미잖아요." 지면에는 실리지 않았지만 덕업일치에 관한 내 나름의 진정성 있는 견해였다.

언제부터인지 모르겠다. '덕'은 무해한 기쁨으로 여기고 '업'은 고단한 밥벌이로 치부하는 이분법적 사고를 하게 된 시점이. 적성에 맞는 직업을 찾으려고 몇 차례나 이직을 거듭하면서도 일과 취미는 철저히 분리하려 애썼다. 곰곰이 생각해봤는데, 출판사에 취직하고 보낸 첫해가 영향을 미친 것 같다. 꼬박 1년 동안 업무에 필요한 책을 훑는 일 말고는 독서를 전혀 하지 못했다. 책을 좋아하는 마음 하나로 어렵사리 출판 편집 일을 업으로 삼았더니, 퇴근하고 돌아와서는 내가 읽고 싶은 글자를 눈에 넣을 여력이 없는 이런 황당한 시추에이션. 거의 매주 들르던 도서관에도 발길을 뚝 끊었다. 화학 제조 기업에 인생 첫 취직을 하고 인생 첫 영혼 갈리기를 체험하던 해에도 20권은 빌려 읽었는데(『회사에서 바로 통하는 엑셀』『혼자서 쉽게 내 몸을 고치는 요가 139가지』 등을 빌렸다…), 출판사에 취직한 첫해 대출 기록에 남아 있는 책은 단 한 권뿐일 정도였다(알랭 드 보통이 쓴 『무신론자를 위한 종교』다. 무교인 나는 무엇에 간절히 매달리고 싶었는가…). 하여간 네모꼴의 종이 뭉텅이에 담긴 텍스트라면 뭐든 두통을 유발했다. 지금이야 그땐 그랬지 허허 하며 웃을 수 있지만 당시에는 어찌나 속상하고 괴로웠는지 모른다. 요약하자면 좋아하는 분야에서 밥벌이를 해보려다가 가장 사랑하는 취미를 잃을 뻔했던 경험이 '업'과는 철저히 거리두기를 하고 '덕'과는 찰싹 붙으려 하는 성향으로 발현된 것은 아닌가 싶다.

『김이나의 작사법』이 10여 년 넘게 가슴에 품어온 덕업일치에 대한 신념을 흔들었다. 팬심을 원동력으로 삼아 커리어를 쌓아도, 애정이 사그라지기는커녕 복리이자 붙 듯 점점 더 깊고 진해지는 사례가 있음을 장장 368쪽에 걸 쳐 두 눈으로 똑똑히 확인했기 때문이다. 다 읽은 책을 책 꽂이에 도로 꽂았다. 잠시 책장을 훑다가, '구달 존'에 따 로 소중히 모아두었던 내가 쓴 책들을 꺼냈다. 손때 묻은 책등으로 빼곡한 '에세이 존'에 자리를 만들어 하나씩 꽂아 보았다. 김혼비, 니시카와 미와, 데버라 리비 사이에. 내 가 에세이 작가로 10년을 생존할 수 있을까? 만약 그것이 가능하다면, 그때 나는 김이나 작사가처럼 일과 업계를 진 심으로 사랑하는 직업인으로서 글에 대한 글을 쓸 수 있을 까? 그러고 싶다. 그런 바람이 생겼다. 아까 언급한 인터 뷰 기사에는 당시 내가 무심결에 흘린 말이 무려 헤드라인 으로 실렸다. 어떻게 양말을 모으고, 글로 쓰고, 양말 가게 에 취직까지 하게 되었냐는 물음에 너스레를 좀 떨었던 것 이 커다란 활자로 다음과 같이 박제되었다. "좋아하는 것 에 자석같이 끌려 먹고살 팔자?" 이제는 오랜 '입덕 부정 기'를 끝낼 때가 온 듯하다.

이제 미션을 수행할 차례. 지수는 내게 팝송 하나를 골라 자수를 따서 작사를 해보라고 했다. 김이나 작사가의 설명에 의하면 자수 따기란 "주어진 곡의 멜로디에 맞는 가사의 정확한 음절 수를 추정하는 작업"91쪽이다. 음절에 맞게 노랫말을 얹는다. 이것이 작사의 기본이므로 꾸준히 연습해서 익숙해져야 한다고 강조했다. 책에서는 불세출의 명곡 〈We are the world〉 후렴구를 예시로 자수 따기를 설명한다. 그런데 아무리 읽어도 뭔 말인지 이해가 가지 않았다. "We are the world"의 자수를 따면 ○○○○ '위 아 더 월' 네 글자인 것까지는 알겠다. 그러나 "We are the ones who make a brighter day"의 자수가 ○○○ ○ ○○○ ○○○ 열 글자라니? 책에서 배운 대로 원곡을 들으면서 발음적으로 한 단어처럼 들리는 단어는 묶어보려고 했다. 아무리 용을 써도 '위 아 디 / 원스 후 메이 크 어 / 브라이 터 데이' 열한 자로밖에 줄여지지 않았다. 몇 번의 시도 끝에야 깨달았다. 나의 한국식 공교육 영어 발음이 문제였다는 걸. 영어를 포기하고 가사를 몰라 허밍으로 때울 때처럼 불러보았더니 정확히 열 글자로 들렸다. 나나

나 난나—나나 나—나나. 그랬구나, '원스 후 메이 크 어'
를 '원써메커'라고 발음해야 하는 거였구나.

　가사를 못 써서가 아니라 영어를 못해서 이번 미션
은 실패하리라는 울적한 예감에 사로잡힌 그때, 단전 깊은
곳에 고여 있던 옛 기억이 떠올랐다. 퇴근하고 우쿨렐레
를 배우러 다니던 시절이다. 하루는 영화 〈Her〉의 OST인
〈The moon song〉 악보를 받았다. 좋아하는 영화였고 스
칼렛 요한슨이 부른 노래 역시 즐겨 들었던 터라 기쁜 마
음으로 배웠다. 몇 번 연습해보니 의외로 치기는 쉬운데
실력 이상으로 느낌 있게 들리는 곡이었다. 이거다 싶었
다. 우쿨렐레 반주에 맞춰 〈The moon song〉을 부르는 영
상을 찍어서 SNS에 올리면 하트를 100개쯤 받을 수 있을
것 같았다. 그래서 곧장 영어 가사 외우기에 돌입했는데,
아무리 연습해도 발음이 안 되는 게 아닌가. 결국 고육지
책으로 한글 가사를 지어 영상을 찍었더랬다. 수년 전 일
이긴 하지만 SNS 계정 어딘가에는 그날 올린 영상과 노랫
말이 남아 있을 터였다. 찾아내어 적당히 손보면 꽤 쓸 만
할지도 몰랐다.

머리를 히피마냥 바글바글 볶고 우쿨렐레를 뚱땅거리는 과거의 나 녀석은 제법 귀여웠지만『김이나의 작사법』을 완독한 입장에서 냉정히 판단하건대 가사는 엉망진창이었다. 자수 같은 건 묻지도 따지지도 않고 우격다짐으로 가사를 쑤셔 넣은 바람에 멜로디가 영어 가사로 부른 원곡과 완전히 달라져 있었다. 자수를 새로 따서 고쳐보려 했으나 스칼렛 요한슨의 공기 반 소리 반 가창이 나를 두 번 울렸다. 어쩌겠는가. 수정을 포기하고 원본 그대로 올린다. 제목은 〈The cosmic song〉이다. 편지 대필 작가 테오도르가 인공지능 운영체제 애인 사만다와 대화를 나누며 도시 곳곳을 걷는 장면을 생각하며 썼다. 풍경이 매우 아름다웠는데, 인공지능 기계를 셔츠 포켓에 꽂은 테오도르는 풍경 같은 건 아무래도 좋다는 듯이 이어폰으로 흘러드는 사만다의 목소리에만 귀 기울인다. 가늠할 수 없을 만큼 크고 깊고 불가사의한 우주를 그저 배경으로 만들어버리고 서로에게만 집중하는 연인을 상상했다. 자신들이 실은 처녀자리은하단의 국부은하군의 우리은하의 변두리 지구에 거주하는 티끌만 한 존재에 불과하다는 사실은 잊

은 채로 말이다. 다시금 강조하지만 이대로 부르면 멜로디
가 엉망이 된다. 이 가사에 멜로디를 욱여넣어 부르는 방
법은 오직 나만 알고 있으니 흥얼거리고 싶은 분들은… 원
곡 자수를 따서 직접 가사를 붙여보면 어떨까요?

〈The cosmic song〉

일러줄 수 있나요
어디에 서 있는지
저 먼 별과 달 태양마저도
작은 우주의 조각
은하계의 은하계일 뿐이죠

불러줄 수 있나요

그대 있는 곳 주소

헤아릴 수 없이 깊은 우주도

작은 일상의 조각

우릴 둘러싼 풍경일 뿐이죠

돈보다 나은 것

『굶어 죽지 않으면 다행인』

황부농 지음, 서귤 그림, 알마, 2018

구달의 메모

우리는 어딜 놀러 가든 꼭 근처 책방을 찾아가잖아. 도쿄, 제주
도, 통영 등등 참 다양한 지역의 책방을 순례했는데, 정작 평소
에 즐겨 찾는 서점을 서로에게 소개한 적은 없더라고. 예언컨대
책장을 덮자마자 이후북스로 달려가게 될 거야. 그곳에서 마음
에 쏙 드는 책 한 권을 찾아내 기분 좋게 구매하기를. 서점 데이
트 짝꿍이 필요하면 언제든 삐삐 치고.

지수

책을 좋아하는 사람이라면 누구나 한 번쯤 책방지기를 꿈꿔봤을 것이다. 나무 향 물씬 풍기는 튼튼한 책장에 좋아하는 책을 장르별 혹은 저자별로 꽂아두고, 경쾌한 음악도 틀어놓은 뒤 커피를 내리며 느긋하게 손님을 기다리는 상상 말이다(나의 상상 속 책방지기는 어째서인지 리넨 소재의 남색 앞치마를 걸치고 대걸레로 바닥을 닦으며 오픈 준비를 하는데 아침의 피로라고는 모르는 사람처럼 콧노래를 흥얼거리고 있다). 그러나 현실은 늘 상상보다 혹독한 법. 책을 좋아한다고 해서 누구나 서점을 열 수는 없다. 요즘처럼 책이 안 팔리는 시대에 동네서점이 살아남으려면 상상을 초월하는 노력과 신박한 아이디어가 있어야 하지 않을까?

『굶어 죽지 않으면 다행인』은 독립서점 이후북스의

대표 황부농 님의 책방 운영 일기다. 이후북스는 한 벌 있는 분홍색 셔츠를 맨날 입는 '황부농' 님과 손님에게(만) 상냥하다는 동업자 '상냥이' 님이 꾸려가는 망원동의 작은 서점으로, 이 책에는 개업 초기의 에피소드가 수록되어 있다. 나는 이후북스에 가본 적이 없지만 그 이름은 SNS와 지인들의 입소문을 통해 알고 있었다. 작지만 큐레이션이 알찬 서점, 즐거운 모임이 많이 열리는 서점이라는 게 내가 받은 인상이었는데, 이 책을 읽으니 그런 '인상'을 주기 위해 두 사장님이 얼마나 많은 고뇌를 하는지 알 것 같았다.

콧노래를 흥얼거리며 대걸레로 바닥을 닦는지 마는지는 둘째 치고, 적어도 경쾌한 음악이나 커피 향과 함께 느긋하게 손님을 기다리는 책방지기의 모습은 이 책에선 볼 수 없다. '다 웃자고 하는 일이죠' 편에 따르면 월요일에 출근한 부농 님은 일요일에 가졌던 모임 탓에 바닥에 수북이 떨어진 머리카락을 치우고, 책 위의 먼지를 털어내고, 얼음을 얼리고, 무더위를 뚫고 그날 쓸 탄산수를 사러 가면서 동시에 온라인 쇼핑몰에서 탄산수를 새로 주문하고,

판매할 음료의 상태를 확인하기 위해 커피와 자몽청과 레 몬청과 파인애플청을 모조리 마셔보고, 주방을 정비하고, 택배를 포장하고, 마침 찾아온 손님에게 음료를 내주고, 포장 팩을 주문하고, 모임 문의에 대한 답을 남기고, 입고 된 책 사진을 찍고, 모임 신청자를 체크하고, 입고 요청 메 일을 확인하고, 배송받은 책을 진열하고, 이러다 보니 저 녁 먹을 시간이 애매해져서 그냥 굶으며 독서 모임의 책을 읽고, 모임 공지를 하고, 정산을 하고, 설거지를 한다(헥 헥). 눈치채셨는지 모르겠지만 이 일과에 점심을 먹는 시 간은 따로 없다.

그런데 오, 세상에나 네상에나!* 일이 이토록 바쁜데 도 작은 책방의 벌이는 거의 절망적이라고 한다. 과일청을 두 병 팔면 4만 원이 남는데 책은 열 권을 팔아야 3만 원 이 남는다(게다가 책 열 권을 파는 것은 보통 힘든 일이 아니 다). 설상가상으로 대형 온라인 서점에서는 10퍼센트씩 할 인해 파는데 왜 이후북스는 정가에 택배비까지 더해 파느

---

* "책방, 돈 벌려고 하는 일 아니잖아"라는 말을 들은 황부농 님의 반응에서 따옴.

냐고 항의하는 손님도 있다. 다른 책방 사장님과 "(우리는) 시급 1,000원짜리 노동을 하고 있어요"라는 말을 주고받으며 속으로 운다. 주위 사람들은 "네가 좋아서 하는 거잖아" 하며 불이익을 감당하라는 시선을 보낸다.

이쯤 되면 책방을 대체 왜 하나 싶기도 하다. 이 모든 고난과 상처에도 불구하고 서점을 계속 운영하는 이유는 무엇일까. 어느 날 낮, 부농 님과 상냥이 님은 이런 대화를 나눈다. "책방을 왜 했을까?" "몰라, 피곤하다." 그런데 같은 날 밤, 위의 대화는 이렇게 바뀐다. "책방 열기 잘했다." "책방 오래오래 해야지."130-131쪽 이 낮과 밤 사이이후북스에서는 저자와 독자가 만나는 행사가 있었다. 부농 님은 "2년 넘게 (책방을) 유지할 수 있었던 건 책방에는 자본의 가치를 뛰어넘는 것들이 있기 때문이다"7쪽라고 썼다. 아마도 두 책방지기는 이날의 행사를 통해 '자본의 가치를 뛰어넘는' 그것을 새삼 느꼈던 게 아닐까. 말로 표현하기 힘든 희열과 온기, 가만한 다독임, 돈으로 쉽게 얻을 수 없는 어떤 것들.

책을 읽으니 10년쯤 전의 어느 하루가 불현듯 떠올

랐다. 당시 나는 광화문에 위치한 회사에 다니고 있었는데 퇴근길에 상사와 같이 엘리베이터를 타게 되었다. 그는 내게 어디 가느냐고 물었고 나는 서점에 간다고 대답했다. "인터넷으로 사면 할인되잖아요" 하는 그에게 "네, 근데 오늘 바로 보고 싶은 책이라서요!"라는 말을 남기고 엘리베이터에서 뛰쳐나와 교보문고로 냅다 달려가는 나. 책이 어디로 도망가는 것도 아닌데 왜 그렇게 뛰었을까. 책이 그렇게 좋았나? 단지 퇴근길에 차오르는 흥을 주체하지 못했던 것일 수도 있지만, 할인으로 얻는 금전적 이익보다 그날 당장 책을 보고 싶다는 마음을 더 중요하게 여겼던 10여 년 전의 내가 좀 기특하다.

동네서점은 어쩌면 그런 마음을 가진 손님들의 사랑방이 아닐까. 인터넷 서점의 할인율과 굿즈 공세를 모르지 않지만, '당장 읽고 싶다!' '왠지 여기서 사고 싶다!' 하는 마음을 더 중시하는 손님들이 동네서점을 찾아가 책을 산다. 말하자면 손님과 서점 대표는 '책방에는 자본의 가치를 뛰어넘는 게 있다'라는 마음을 공유하는 셈이다.

책을 다 읽으니 얼른 이후북스에 가보고 싶어졌다.

마침 구달이 내게 준 미션은 '이후북스를 방문해서 마음에 드는 책 한 권 구매하기'. 구달에게 연락해 둘이 함께 망원동으로 향했다. 책방에 들어서서 처음으로 받은 인상은 생각보다 공간이 넓고 책이 많다는 것이었다. 또 대형 서점의 주요 매대나 인터넷 서점의 메인 페이지에서는 볼 수 없는 책들이 좋은 자리에 진열되어 있는 것도 눈에 들어왔다. 당연한 말이지만 세상에는 내가 모르는 책, 내가 모르는 작가가 수두룩한데 인터넷 서점 메인 페이지나 대형 서점의 매대에 노출될 기회를 얻는 건 대체로 '잘 팔리는 / 잘 팔릴' 책이다. 잘 팔리는 책을 전시하는 게 나쁘다는 건 아니지만 그런 책'만' 전시되는 건 독자 입장에서는 아쉬운 일이다. 세상에는 만듦새와 내용이 모두 훌륭한데 출간과 함께 광속으로 묻혀버리는 책이 많아도 너무 많다. 그런 책들이 동네서점 매대에서 환한 빛을 받고 있는 광경은 어쩐지 좀 감동적이기까지 했다.

구달과 둘이서 꺅꺅거리며 책 구경을 한참 했다. 구달은 "이건 내가 좋아하는 독립출판 작가님 책인데…" "이분 전작이 진짜 재밌었는데…" 하며 연신 낯선 책을 추천했다. 내가 『경찰관속으로』*를 뽑아 들자 '이 명작을 여태 안 샀어?' 하는 차가운 시선을 보냈고, 『책 낸 자』**를 뽑았을 때는 '하… 이 인간 은근 독서 쪼랩이네'라는 눈빛과 함께 따봉을 거듭했기에 두 권 다 사지 않을 재간이 없었다. 내친김에 멋진 언니들의 인터뷰집 『야망 있는 여자들의 사교 클럽』***과 책방 사장 페이크 인터뷰집 『유감의 책방』****까지 사서 각각 구달과 그날 저녁에 만난 김신회 작가님께 선물했다. 누구 만날 때 책 선물을 하면 기분이 조크든요 (이로써 구달 미션 400퍼센트 초과 달성!).

다행히(!) 내가 간 날 이후북스에는 손님이 많았고, 주말이라 그런지 상냥이 님과 책방 스태프 '원스텝' 님이 함께 나와 있었다. 궁금한 게 많았지만 바쁘실 것 같아서 계산만 하고 얼른 나가려 했는데 구달과 아는 사이인 상냥이 님이 그야말로 상냥하게 스몰토크를 시작했다. 장마 애

---

*   원도, 이후진프레스, 2019.
**   서귤, 디자인이음, 2017.
***   박초롱, 딴짓, 2020.
****   우세계, 독립출판, 2018.

기에서 시작된 토크는 개와 고양이 얘기로 이어졌고, 두 사람의 예기치 못한 긴 대화에 갈 곳을 잃은 내 시선은 카운터의 매대로 향했으며, 거기에 마침 최근 나온 아무튼 시리즈가 다 있는데 내가 쓴 『아무튼, 하루키』만 없다는 것을 발견했고, 혹시 다 팔려서 없는 건지(매사 긍정적인 편) 애초에 입고를 안 하신 건지 슬쩍 물어보고 싶었지만 상냥이 님이 어느 농가에서 대량 구매했다는 말린 채소를 나와 구달에게 한 봉지씩 안겨주는 바람에 그냥 입을 다물기로 했다. 그사이 뒤에서 컴퓨터 작업을 하던 원스텝 님은 상냥이 님과 구달의 토크가 끝나갈 기미를 보일 때마다 인사하러 일어섰다 머쓱하게 다시 앉기를 세 번쯤 반복했다. 상냥이 님의 캐릭터가 너무나 책에 묘사된 그대로라는 것을 얼른 구달에게 말하고 싶어서 입이 근질거렸지만, 근처 카페에 착석하자마자 각자 사 온 책을 구경하며 또 꺅꺅거리느라 까먹고 말았다.

현재 이후북스에서는 음료를 팔지 않는다. 부농 님은 "책방 운영 6개월 차에 깨달은 건 책보다는 먹을 걸 팔아야 많이 남는다는 사실이다. 그래도 난 책을 많이 팔고 싶다"[65쪽]라고 썼다. 음료 판매를 접은 건 아마도 그런 마음의 구체적 실현이지 않을까. 땅값이 나날이 치솟는 망원동에서 안정적으로 책방을 운영하기 위해 부농 님과 상냥이 님은 이제껏 갖은 고뇌를 거듭했을 것이다. 높은 이윤을 가져다주는 음료 판매도 중단하고 "책의 향기를 맡으면서, 책을 퍼트리며"[65쪽] 살아가는 이 사장님들의 시급이 1,000원이 아니라 10만 원, 20만 원쯤 되었으면 좋겠다. 그리하여 사장님들은 노동과 노력에 상응하는 보상을 얻고, 이후북스는 앞으로도 오랫동안 동네 책방으로서 건재했으면 좋겠다. 책이 모든 이에게 옷이나 먹을 것보다 중요하다고는 말할 수 없지만, 책을 좋아하는 사람이라면 알 것이다. 동네에 걸어서 갈 수 있는 작은 책방이 있다는 것이 얼마나 큰 축복인지를. 어두워진 거리에서 가만히 불을 밝히고 있는 책방 간판이 일상에 얼마나 큰 위안을 주는지를.

동네 책방이라는 취향의 공동체는 책을 사는 사람 없이는 지속될 수 없다. 혹시 이 글을 읽고 독립서점에 관심이 생겼다면 가벼운 마음으로 동네의 작은 책방에 한번 들러보시면 어떨까. 책방이 근처에 없다면 온라인 스토어를 이용하는 방법도 있다. 이후북스뿐만 아니라 연남동의 서점 리스본, 부천의 오키로북스, 제주도의 소심한 책방 등 많은 독립서점들이 개성 넘치는 온라인 쇼핑몰을 운영하고 있으며, 자체 제작한 굿즈를 함께 팔거나 온라인 독서 모임과 같은 특화 서비스를 제공하기도 한다. 각 서점의 큐레이션을 살펴보며 자기 취향에 맞는 곳을 찾아내는 재미도 쏠쏠하다. 물론 구경만 하지 말고 실제로 책을 사면 더 좋다. 손님의 돈으로 지켜진 취향의 공동체는 분명 돈보다 나은 것을 손님에게 줄 테니까.

'캐붕'의 순간들

『**여행이라는 참 이상한 일**』

한수희 지음, 인디고, 2017

지수의 메모

우린 몇 번이나 함께 여행을 했잖아. 둘 다 사전에 일정을 짜지 않고 비행기에서 대충 정하는 스타일이라 서로 편했지. 근데 너 혼자 가도 과연 그렇게 여행할지 문득 궁금해지네. 혼자서는 아무래도 불안하니 계획을 더 꼼꼼히 세우게 될까, 아님 더 되는 대로(?) 돌아다니게 될까. 그런 걸 생각해보며 이 책을 읽으면 재밌을 것 같아. 미션은 혼자 떠난 여행에서 만난 잊을 수 없는 풍경을 그림으로 그려보기! 뜬금없이 왜 그림이냐고? 구달 필터 거쳐서 나온 풍경을 나도 보고 싶어서.

어이없고 황당하고 늘 후회하면서도
또 떠나고야 마는

여행이라는 **참**
이상한 일

여행이라는
참
이상한 일

떠나고
힘들고
늘 후회한대도
또 돌아오야하는

여행이라는
참
이상한 일

한수희 지음

한수희 지음

"그 개고생을 해놓고 왜 또 짐을 꾸리고 있는 걸까?"
'온전히 나답게', 한수희 작가의 가식 0% 빽빽한 여행 에세이

indigo

구달

스무 살에 나는 내가 여행을 썩 좋아하지 않는다는 사실을 알았다. 계기는 우습게도 학내 여행 동아리 입부였다. 한 달에 한 번씩 짐을 꾸려 산이나 바다로 떠나는 동아리에 자발적으로 가입해놓고는, 매번 갖은 핑계를 대며 여행에 불참했다. 그날 가족 행사가 있어서요, 아르바이트를 해야 해서요, 몸이 안 좋아서요…. 필사적으로 여행을 피하는 신입 부원을 보며 선배들은 무슨 생각을 했을까. '아침 8시 동서울터미널 집결' 공지를 읽는 것만으로 피곤이 몰려왔다. 버스를 타고 가는 내내 잘 알지도 못하는 사람과 나란히 앉아 대화를 나누어야 한다니, 불가능했다. 낯선 공간에서 씻고 자고 옷을 갈아입는 동선 하나하나가 얼마나 불편할지 상상하면 집 밖으로 한 발자국도 내딛기 싫었다.

여행에 대한 기대와 설렘보다는 여행이 안겨줄 불편과 곤란이 더 크게 다가왔다. 2학기가 되어서야 동기들의 채근에 못 이겨 강촌인지 부석사인지 아무튼 바다는 아닌 곳을 유람했고 머지않아 동아리 방에 발길을 끊었다. 어찌나 홀가분하던지. 솔직히 여행은커녕 동아리 구성원이라는 역할조차 곤란하게 느낀 지 오래였다. 스무 살의 나는 상당히 소심했고 개인주의적인 성향이 강했다(지금도 크게 다르지는 않다).

그런 사람이 왜 덜컥 여행 동아리에 들어갔느냐 하면, 한 살 터울 언니의 영향이었다. 대학생이 된 언니는 내 눈에 하루하루 청춘 시트콤 〈뉴 논스톱〉을 찍는 것처럼 보였고 그 중심에는 여행 동아리 활동이 있었다. 그래서 같은 동아리에 가입하면 내 앞에도 즐겁고 유쾌한 시트콤 같은 대학 생활이 펼쳐질 줄 알았다. 신입생 OT에도 입학식에도 참석하질 않아서 친구를 한 명도 사귀지 못한 채 홀로 캠퍼스를 배회하던 2004년 어느 봄날 불쑥 유스호스텔이라고 크게 써 붙인 동아리 문을 두드린 이유였다. 만약에 내가 그 장면을 당사자가 아니라 시청자 입장에서 목격했다면 이렇게 중얼거렸을 것이다. 뭐냐, 이 갑작스러운 캐릭터 붕괴는.

작중인물이 원래의 설정과 맞지 않는 행동을 하는 경우에 캐릭터 붕괴라는 표현을 쓴다. 단체 활동을 싫어해 수학여행에서 빠질 정도였고 친구를 꼽는 데는 두 손가락이면 충분하다고 여기는 인물(=나)이 대학교에 입학하자마자 여행 동아리 문을 두드린다? 캐릭터 붕괴였다. '캐붕'은 시청자를 어리둥절하게 만든다. 세계관을 흔들고 몰입을 깨트려 결국 작품을 망친다. 캐붕이 온 작품치고 망작의 타이틀을 거머쥐지 못한 사례는 없으리라. 하지만 작품을 망치기 위해 일부러 등장인물에게 허튼짓을 시키는 창작자는 또 어디 있겠는가. 설정을 바꾸고 세계관을 뜯어고쳐서라도 돌파구를 찾으려 애쓰는, 코너에 몰린 창작자를 비웃어서는 안 된다.

다섯 살부터 줄곧 살아온 익숙한 동네와 마음이 맞는 친구 두 사람으로 이루어진 세계에서 내가 구축한 세계관은 '구두 상자'였다. "정말로 그렇게 생각한다면 구두 상자 속에서 살면 되겠네요." 하루키 소설에서 읽은 한 줄이 청

소년기의 내 캐릭터를 결정했다. 구두 상자에 틀어박혀 아무에게도 폐를 끼치지 않고 누구에게도 침범당하지 않으면서 좋아하는 소설만 읽고 좋아하는 음악만 들으며 살고 싶었다. 그러다 대학교에 입학했고, 세계가 순식간에 확장됐다. 20만 평 부지의 캠퍼스와 2만 명의 동학으로 채워진 세계에서 나는 고독이 고통인 순간도 존재한다는 걸 처음 경험했다. 서둘러 구두 상자를 꺼내 들어앉는다 한들 더는 예전과 같은 안전감을 느낄 수 없다는 의미였다. 사람들과 어울리는 법을 터득해야 했다. 동아리 입부 시도는 결국 탈퇴로 끝났지만 말이다.

『여행이라는 참 이상한 일』에서 짧지만 인상적인 일화를 읽었다. 대학생 때 고등학생 남동생을 데리고 배낭여행에 나선 저자는 태국 피피섬에서 난생처음 토플리스로 해수욕을 즐기는 여자들을 목격한다. 유교 문화권 국가 출신답게 며칠을 가만히 지켜보기만 하던 저자는 마침내 소심하게 비키니 상의 탈의를 시도했다(남동생은 욕 비슷한 신음소리를 내고는 달아났단다). 그러자 근처에 있던 저자만큼이나 소심하게 생긴 미국 여자도 주변을 살피더니 주섬

주섬 상의를 벗었다고 한다. 그다음에는 무슨 일이 벌어졌을까. "우리는 거의 입관 자세에 가까운 정자세로 누워 있다가 가끔씩 몸의 각도를 5도 정도 미세하게 비틀며 누가 먼저 옷을 입는지 눈치를 보았다. 가히 십자군전쟁에 비견될 만한 유교적 가치와 청교도적 가치의 싸움이라 할 만했다."296쪽

유교걸과 청교도걸이 웃통을 벗어던지다니, 캐릭터 붕괴다. 유교적 세계관과 청교도적 세계관이 두 사람의 발밑에서 와르르 무너지는 소리가 들리는 듯했다. 비록 입관 자세밖에 취하지 못했다지만 남들 다 보는 데서 웃통 벗는 일이 어디 쉬운 일인가. 웃통을 벗기 전의 세계와 벗은 후의 세계는 결코 같을 수 없을 것이었다. 어떤 캐붕은 인물을 완전히 다른 세계로 이끈다. 이를테면 여자도 남자들처럼 맨몸으로 바닷바람을 맞는 경험을 획득하는 세계로. 기존의 세계와 외관은 그대로일지 몰라도 설정은 분명 달라졌다.

어느덧 삼십대 후반이 된 나는 여행을 즐긴다. 뻔한 일상, 뻔한 선택, 뻔한 망설임, 뻔한 확신이 모여 만들어진

나란 캐릭터에 질리고 물리고 신물이 나기 전에 억지로 시간을 만들고 3개월 할부를 긁어서라도 캐붕이라는 참 이상한 일에 뛰어든다. 물론 그렇다고 해서 이 책의 저자처럼 심야버스로 국경을 넘어 픽업트럭으로 갈아타고 비포장도로를 여섯 시간 넘게 달리는 짓… 식의 여정은 결코 선택하지 않는다. 아침 8시까지 동서울터미널에 가는 것을 귀찮아하던 게으름뱅이는 어디 가지 않았다. 번거롭게 계획을 짠다거나 고생을 자처하면서까지 여행지에서 새로운 나를 발견하고픈 마음은 없다. 내가 스스로를 낯선 세계로 옮겨놓는 방법은 그보다 훨씬 간단하다. 여행을 함께하는 짝꿍에게 옷을 빌려 입는 것. 가져간 책 말고 숙소 책장에 꽂혀 있는 책을 읽는 것. 기차 안에서 이어폰을 나눠끼고 짝꿍이 선곡한 노래를 듣는 것. 옷과 읽을거리와 음악을 타인의 리듬에 맞추는 것만으로도 꽤 짜릿한 캐릭터 붕괴를 체험하곤 한다. 그리고 하나 더, 나와는 180도 다른 리듬으로 여행하는 사람의 에세이를 읽는 것이다. 『여행이라는 참 이상한 일』은 벌레가 씹히는 밥을 먹고 보석 사기를 당하고 더러운 숙소에서 눈물을 삼키면서 도대체 왜 돈 들여 여기까지 와서 이 짓을 하는지 의문을 품은 채로 계속되는, 고생이 휘몰아치는 마라맛 여행의 세계를 체험케 해주었다.

그나저나 책장을 덮고 나서야 깨달았다. 혼자 하는 여행을 떠올리면서 이 책을 읽으라고 했던 지수의 주문을 까맣게 잊고 있었단 걸. 하긴 열심히 기억을 더듬었던들 특별한 추억이 떠오르진 않았을 것이다. 나는 혼자 하는 여행을 선호하지 않는다. 블랙핑크 제니의 〈SOLO〉를 배경음으로 깔고 사는 사람처럼 식사도 영화 관람도 독서도 쇼핑도 산책도 다 혼자 즐기면서(심지어 일도 혼자 한다) 어째서 혼자 하는 여행만은 영 내키지가 않는지 잘 모르겠다. 일상을 벗어던지는 게 여행의 속성이기 때문이려나. 여행 그 자체보다는, 여행 이후에 단물이 쪽쪽 다 빠질 때까지 여행 에피소드를 우려먹으며 수다 떠는 시간들을 훨씬 더 좋아하기 때문이라는 가설을 세워본 적도 있다. 이 가설이 맞는 것 같다. 아무튼 이런저런 이유로 지금까지 혼자 여행한 경험은 단 세 번뿐. 스물두 살 무더운 여름 타이베이에서 눈에 담았던 풍경은 이제 가물가물하다. 서른 네 살 봄 도쿄에 갔을 때는 피너츠 덕질만 하다 와서 찰리 브라운의 둥근 머리통 말고는 묘사할 장면이 떠오르지 않는다. 그리하여 서른두 살 겨울에 창원—부산—대구—대전을 찍고 서울로 돌아오는 차창 너머로 보았던 풍경을 기억 속에서 겨우 끄집어냈다. '그걸' 여행이라고 부를 수 있을지는 잘 모르겠지만.

그건 여행보단 유통 업무에 가까웠다. 당시 나는 약 스무 곳의 동네서점과 거래하는 독립출판 제작자였다. 거래라고 해봤자 거창한 비즈니스는 아니고 A서점에서 3권, B서점에서 5권씩 주문받아 책을 납품하는 수준이었다. 워낙 소량씩 입고 요청을 받다 보니 책을 포장하고 발송하는 데 품만 많이 들고 남는 게 없었다. 정가 5,000원인 책 세 권을 입고시켜서 팔면 수수료를 제하고 10,500원을 정산받았는데, 그 돈을 벌기 위해 내가 지출하는 택배비만 4,000원이었다. 제작비와 판관비까지 고려하면 사실상 독립출판물 한 권이 팔릴 때마다 내 손에 떨어지는 수익은 300원쯤 됐으리라. 바보 같은 짓이었다. 마진율을 생각하지 않고 책값을 무작정 낮게 책정한 탓이었다. 하지만 바보짓을 멈출 수도 없었다. 책값을 올릴 배짱이 있어야 말이지. 내가 쓴 글이 5,000원어치 읽을거리는 되는지도 확신하지 못해 불안해하던 시기였다. 결국 책값은 그대로 둔 채로 마진율을 높이기 위해 꾀를 짜냈다. 직접 배송이었다.

입고 요청이 들어온 서점 네다섯 군데를 서울시 대중교통 환승 횟수(4회) 이내로 이동할 수 있도록 묶어서 하루에 싹 돌았다. 택배로는 2만 원이 들 일을 대중교통을 이용한 직접 배송을 통해 2,000원에 해결했다. 혁명이었다. 가끔 서점 대표님이 커피를 권하거나 지하철역 도보 5분이라던 서점 위치가 알고 보니 도보 10분으로 밝혀져 환승 시간을 놓치기도 했지만. 환승 혜택이 끝나기 직전에 아슬아슬 카드를 찍고 승리감에 도취되어 버스 빈 좌석에 앉는 날도 있었다. 물론 내가 거둔 작은 승리가 민망해 자괴감에 휩싸이는 날이 더 많았다. 몇백 원 아꼈다고 이렇게 좋아할 일인가. 부지런히 환승 태그 찍을 시간에 서점들이 앞다퉈 열 권 스무 권씩 입고 요청을 넣을 만큼 끝내주는 책을 쓰는 게 더 중요하지 않을까. 왜 나는 항상 핵심은 외면하고 사소한 문제에만 집착하며 살까.

그즈음 경남 창원에 새로 문을 연 독립서점으로부터 입고 요청 메일을 받았다. 동시에 거래 중인 대구의 한 서점에서도 재입고 요청 메일이 왔다. 경상도를 기반으로 전국구 작가로 발돋움하는 달콤한 꿈에 잠시 취해 있던(메일 두 통이 전부였고 입고 요청 부수는 도합 열 권에 불과했다) 내 머릿속에 문득 경상도라고 직접 배송을 뛰지 못할 이유가 없다는 생각이 스쳤다. 창원과 대구 모두 가본 적 없는 도시였다. 입고하러 간 김에 도시를 둘러본다고 생각하면 여행비를 아끼는 셈이고, 여행하는 김에 서점에 들러 책을 입고한다고 생각하면 택배비를 아끼는 셈이었다. 두 군데만 돌면 조금 아쉬울 것 같아서 지도 앱을 켜놓고 고민하다 교통의 요지 대전을 코스에 넣었다. 평소 관심이 있던 대전의 독립서점에 메일을 드렸더니 흔쾌히 입고 제안을 받아주었다.

2박 3일 입고 여행은 결과적으로 사람을 참 지치게 만들었다. 아니지, 여행은 죄가 없다. 내가 나를 들들 볶고 괴롭히고 지치게 만들었다. 돈을 아끼려고 서울에서 창원까지, 다시 부산에서 대구까지, 또 대구에서 대전까지 장장 700여 킬로미터를 오로지 차비가 제일 싼 버스로만 이동했다. 도시 안에서 움직일 때도 짐을 이고 진 채로 최대한 걸었다. 서점에 책을 입고시키면 물리적으로 가방이 점점 가벼워져야 할 텐데 물 먹은 솜처럼 갈수록 무거워졌다. 서점 대표님들의 따뜻한 환대에 마음이 녹아내려 화답하듯이 책을 잔뜩 사버린 탓이었다. 결국 출장비를 메우려면 300원이 남는 책을 대체 몇 권 팔아야 하는지 계산해낼 수 없는 지경에 이르렀다. 1월의 칼바람은 매섭게 뺨을 때렸고 음식은 시키는 족족 맛이 없었다. 명승고지 같은 건 구경하고 싶은 마음도 들지 않았다. 유일하게 마음을 풀고 즐긴 시간은 여행 첫날 반나절뿐이었다. 저녁에 창원에서 일하는 친구와 만났다. 친구는 나를 차에 태워 이탈리안 레스토랑으로 데려가 파스타와 피자를 사주었고, 부산 집으로 데려가 뜨끈한 방에 재워주었다(이튿날은 최저가 검색으로 고른 8인실 도미토리에 묵었다). 다음 날 아침에 눈을 떠보니 친구는 출근한 뒤였고 식탁 위에는 참 예쁘게도 찐

고구마와 팩 우유가 놓여 있었다.

　　대전에서 마지막 입고를 마치고 망설임 없이 기차역으로 향했다. KTX를 타고 서울까지 단숨에 주파하리라. 피곤에 절은 와중에도 잊지 않고 성심당 빵집에 들러 튀김소보로 세트를 샀다. 보부상의 그것인지 여행자의 그것인지 뭐라 정의 내리기 곤란한 여정이 곧 끝날 테고, 집에 들어갈 때 지친 표정을 감추기 위해서는 양손을 가득 채울 선물이 필요했다. 기차는 시원시원하게 레일을 달렸다. 이내 익숙한 풍경이 눈에 들어왔다. 노을빛에 물든 한강과 63빌딩이었다. 사방이 어두운 채로 내 앞쪽 창문만 열려 있어서 꼭 극장 스크린 같았다. 바깥에서 누군가 오직 날 위해 영사기를 돌리고 있는 것처럼 느껴졌다. 빠르게 움직이는 차창 프레임을 눈에 담으며 여행의 순간들을 떠올렸다. 빵집 입구에 걸려 있던 "새해 빵! 터지세요!"라고 크게 써 붙인 현수막을, 서점 사장님들이 건네주었던 따뜻한 응원의 말들을, 친구의 서재에서 가장 좋은 자리를 차지하고 있었던 내가 쓰고 만든 책들을.

세상 가장 쓸쓸했던 순간,
세상은 오직 널 위해 존재한다고
속삭이는 듯한 풍경을 보았다.

한때 내 것이기도 했던 나날

『코쿤카!』

김현경 지음, warm gray and blue, 2020

구달의 메모

코로나19를 겪으면서 여행의 소중함을 다시금 깨닫게 된 듯해.
예전처럼 어디로든 훌쩍 떠나고 싶은 마음도 있지만, 그동안 쌓
은 여행의 추억을 잘 아카이빙해두고 더 세심하게 기억하고 싶
은 마음도 생겼어. 『코쿤카!』는 팬데믹 한복판에서 맞이한 첫
여름 휴가철에 읽은 그림 여행 에세이야. 다 읽고 지수 기억에
남은 여행의 순간을 그림으로 그려서 보여줬으면 해.

지수
·······

이십대가 끝나가던 무렵 다니던 직장을 그만뒀다. 퇴사하기 몇 주 전에 친구 여진이 장기 봉사활동을 하고 있던 라오스로 가는 비행기 티켓을 미리 끊어놨다. 그렇게라도 하지 않으면 영 떠나지 못할 것 같아서였다.

경유지인 방콕에서 홀로 1박을 한 뒤 여진의 집이 있는 비엔티안으로 날아갔다. 타일 바닥이 서늘하고 천장에 커다란 실링팬이 달려 있는 집이었다. 베란다 밖으로는 초록색 논이 펼쳐져 있었고 벌레 소리가 아주 우렁찼다.

라오스는 한국보다 두 시간 느린 탓에 매일 새벽 6시면 자동으로 눈이 떠졌다. 아직 자고 있는 여진을 깨우지 않으려고 조심히 몸을 일으켜 거실로 나가, 차가운 바닥에 등을 대고 누워 빙글빙글 돌아가는 실링팬을 구경하는 게 내 아침의 첫 일과였다. 그러고 있으면 아무 생각이 안 들어서 좋았다. 일단 뭘 생각하기 시작하면 내 인생은 앞으로 어떻게 될 것인가, 나는 어쩌려고 이런 일을 저지른 것인가, 한국에 가면 무엇을 어떻게 해야 하나 등등의 걱정으로 뇌의 회로가 타버릴 것 같았기 때문이다.

8시가 되면 슬슬 요리를 시작했다. 여진의 집에는 1인 가구에 어울리지 않는 특대형 웍이 있었는데(중국 마트에서 구매했다는데 대체 무엇을 만들려고⋯), 나는 거기다 팔뚝만 한 라오스 가지를 간장에 볶고 손가락만 한 멸치를 고추장에 볶고 마늘과 파와 계란과 밥도 볶아서 아침상을 차렸다. 내가 오기 전에는 군것질로 연명했다는 여진이가 아, 맛있다, 진짜 맛있다 하면서 밥공기를 싹싹 비울 때면 그렇게 보람찰 수 없었다. 비록 친구 집에 얹혀 지내지만 나름 쓸모 있게 얹혀 있다는 느낌. 그 거미줄처럼 가느다란 성취감에 기대어 근근이 하루하루를 보냈다.

낮에는 시내에 나가 서점이나 카페 투어를 하고, 밤에는 야시장을 구경하고 거기서 장을 봐 밥을 먹었다. 그렇게 비엔티안에서 일주일쯤 지낸 뒤 우리는 방비엥으로 떠났다. 그곳이 〈꽃보다 청춘〉의 여행지로 등장하여 '라오스 style 삼겹살―샤브샤브 칠봉이가 선택한 맛집!' '속쓰리시죠?! 나영석 PD 및 스태프들이 3일 동안 해장한 곳!!!' 따위의 한국어 간판으로 뒤덮이기 전이었다. 여진은 현란한 라오스어로 물건값을 흥정하고 강에서 튜브를 타는 액티비티를 예약하고 다음 여행지인 루앙프라방행 버스 티켓을 샀다. 나는 그저 입을 헤 벌린 채 여진이 시켜주는 음식을 먹고 여진이 흥정해주는 물건을 사고 여진이 마련해주는 버스 좌석에 올라타기만 했다.

루앙프라방에서는 꽝시폭포로 트래킹을 하러 갔다. 길거리 작은 여행사를 통해 예약한 봉고차를 타고 폭포가 있는 산 중턱까지 올라갔다가 내려오는 코스였는데 전날 내린 비 때문에 물이 제법 많이 불어 있었다. 폭포 아래에서는 그런 건 아랑곳하지 않는 젊은이들이 다이빙을 하고 있었다. 나무를 타고 올라가 가로로 길게 뻗은 가지에 선 뒤, 그 위로 드리워진 밧줄에 타잔처럼 매달려 물웅덩이 한복판까지 날아가 풍덩풍덩 떨어지는 것이었다. 그들을 한참 구경하다 보니 문득 나도 해보고 싶은데, 할 수 있을 것 같은데, 라는 생각이 들었다. 그걸 한다고 뭐가 달라지진 않겠지만, 하지 않으면 정말로 아무것도 달라지지 않을 것 같은.

그런데 막상 올라가보니 생각보다 아찔한 높이였다. 발아래에서는 불어난 물이 하류로 흘러가고 있었다. 나는 파들파들 떨면서 밧줄을 붙잡은 것과 거의 동시에, 팔 힘이 없어 꽉 매달리지 못하고 물속으로 곧장 떨어졌다.

내 몸은 물속 깊숙이 빨려 들어갔다가 어딘가로 휩쓸렸다. 나는 손과 발을 필사적으로 움직여 물 위로 머리를 내밀고 물가를 향해 헤엄쳤다. 물살 때문에 몸이 앞으로 잘 나아가지 않았다. 수심이 허벅지 정도 되는 지점에 간신히 이르러 똑바로 섰을 때는 다리가 후들거렸다. 오른손에 감각이 없다는 건 나중에 깨달았다. 어딘가에 부딪쳐 심한 타박상을 입은 상태였다. 검붉은 멍이 든 채 맥주를 마시러 갔다. 그 멍은 한국으로 돌아갈 때까지 완전히 사라지지 않았다.

여진은 일이 있어 먼저 비엔티안으로 떠났고, 나는 홀로 남아 가벼운 몸살을 겪으며 숙소 침대에 누워 시간을 보냈다. 식사 시간이 되어 몸을 일으켰을 때, 이제껏 경험한 적 없는 지독한 무기력이 나를 덮쳤다. 팔다리에 힘이 전혀 들어가지 않았고, 머리는 그저 멍하기만 했다. 힘겹게 몸을 일으켜 혼자 밥을 먹고 숙소로 돌아와 벌써 몇 번째 읽는 것인지 모를 『상실의 시대』를 또 읽었다. 서른일곱 살의 와타나베가 보잉747을 타고 함부르크공항에 착륙해 비틀즈의 〈노르웨이의 숲〉을 들으며 어지럼증을 느끼고 있었다. 서른일곱이 까마득히 먼 미래인 줄 알았던 스물아홉의 나는 아무것도 되지 못한 채 그 누구도 나를 모르는 거리에 홀로 남겨져 있었다.

그날 밤 나는 기절하듯 잠들었다 새벽에 일어나서 아직 어두운 거리로 나갔다. 전날 밥을 먹었던 가게 앞 길바닥에 자리를 잡고 앉아서 주황색 옷을 입은 스님들의 탁발 행렬을 구경했다. 캄캄했던 거리가 그들의 걸음 소리를 동력 삼아 점차 밝아졌다. 그 타박거리는 규칙적인 발소리는 결코 누군가를 재촉하는 리듬이 아니었지만 내게는 그것이 이제는 가야 한다, 어디든 가야 한다, 라는 속삭임처럼 들렸다.

일본어에 '모로이脆い'라는 단어가 있다. 사전을 찾아보면 1. 원래의 형태나 상태가 무너지거나 부서지기 쉬움 2. 버티는 힘이 약함 3. 감정에 잘 휘둘림이라는 뜻이 나온다. 그때의 나는 그야말로 1, 2, 3의 의미를 모두 합해 '모로이'한 인간이었고, 어쩌면 그 '모로이'함과 정면으로 승부하기 위해 혼자 거기서 그러고 있었던 것인지도 모른다. 무언가가 되고 싶었으나 아직 아무것도 되지 못한 무르고 무른 나. 이 핑계 저 핑계로 진짜 하고 싶었던 일을 시도조차 하지 않았던 나. 그런 나를 견디지 못하는 나. 그럼에도 미미하게나마 스스로에게 균열을 내보려고, 끝까지 무언가를 밀어붙여보려고, 그렇게 해서 관성의 세찬 힘으로 구르고 있는 삶의 방향을 조금이나마 바꿔보려고 안간힘을 쓰는 나.

『코쿤카!』를 읽으면서 라오스에서 보낸 그 시기가 떠올랐다. 디자인과 책 만드는 일을 하는 저자는 어느 날 문득 "그냥, 여기 말고 다른 곳에 존재하고 싶다는 생각"8쪽으로 '물가 싼 한 달 살기 해외'를 검색하여 치앙마이로 떠난다. 다양한 나라에서 온 사람들을 게스트하우스에서 만나고, 전날의 숙취로 인해 늦잠을 자고 일어나 (가지고 간 맥북이 부서져서) 스마트폰으로 일하고, 밤이 되면 또다시 왁자지껄하게 술을 마시는 디지털 노마드+자유로운 청춘의 생활이 거기 있었다. 심지어 칵테일을 주문하면 '바께쓰'에 담겨 나오는 그런 생활이!

위의 묘사대로라면 저자가 세상 힙하게 치앙마이를 즐기고 왔을 것 같지만, 읽으며 플래그를 붙여둔 페이지를 펼쳐보니 "보통 여행은 설레게 마련인데, 그냥… 그냥 도망치는 것만 같다"21쪽, "나는 더 이상 super young하지 않다"79쪽(당시 저자는 스물여섯 살), "쉬면서도 죄책감 느낌"179쪽, "그때 나는 되게 행복했는데 불행한 내가 그걸 그리는 게 너무 힘들어" "그래도, 천천히 조금씩 해보자. 항상 그랬던 것처럼"206쪽 등의 문장이 있었다.

안다. 무슨 마음인지. 저자와 완전히 같은 상황은 아니었지만 나도 라오스에서 비슷한 심정이었으니까. 그러나 내가 이제 삼십대 후반이 되었다 해서 "스물여섯이면 완전 슈퍼 영하신데요, 뭘"이라거나 "이십대가 다 그렇죠 뭐, 불안정하고…"라는 식의 무책임한 말은 할 수 없다(사실 '안다'고 섣불리 말해도 될지조차 확신할 수 없다. '내가 겪어봐서 아는데'야말로 K—꼰대스러운 접근법이 아닌가 싶어서). 다만 확실히 말할 수 있는 건 이제 나는 저자가 치앙마이에서 했던 식으로, 또는 과거의 내가 라오스에서 했던 식으로 여행할 수 없다는 것이다.

저자는 두 번째로 방문한 치앙마이에서 한 언니를 만나는데, 그 언니는 저자에게 "너 정말 멋져. 너를 못 믿겠으면 나를 믿어봐"198쪽라고 말한다. 약간의 손발 오그라듦을 감수하면서까지 그런 멋진 말을 해주는 상대를 이십대가 지난 후에도 과연 만날 수 있을까? 생각해보시라. 이제는 과장님, 차장님 된 내 또래에게 누가 (클럽에서 춤추다 나와서) "본인이 얼마나 멋진 사람인지 스스로만 모르는 것 같은데?"183쪽라고 말해주겠는가?

난 이제 어딜 가든 체력 문제로 술도 진탕 못 마시고 새로운 사람을 사귀는 것도 조금 무서워졌다. 여행의 낭만을 만끽하며 게스트하우스에 묵는 것보다는 심신이 편안한 호텔을 선호하게 됐다. 이십대의 내가 지금의 나를 본다면 '저 언니 완전 노잼으로 여행하네' 싶을 것이다. 그러나 시간이 가고 나이를 먹고 모든 게 조금씩 변하는 건, 그 변하는 주체가 자기 자신이라 해도 내 힘으로는 어찌해볼 도리가 없는 일이다. 또한 나는 새벽의 루앙프라방 길거리에서 바라지 않았던가. 여기가 아닌 어디로든 가야 한다고. 그것은 이제 와 생각해보면 그 자리에 그대로 머물러 있을 수 없다는, 어떻게든 변해야만 한다는 내면의 주문이나 다름없었다.

기껏 변해서 된 것이 육아와 집안일과 번역 일을 쳇바퀴 돌듯 수행하는 현재의 나라 해도, 그런 소란하고 아름다운 시절은 (나에게는) 인생의 한때에만 유효했다는 걸 알기에 되돌아가고픈 욕심은 없다. 무언가가 되려고 애쓰던 시절은 이미 과거가 되어버렸다. 그 사실에 나는 씁쓸함을 맛봐야 할까. 아니면 일종의 성취감을 느껴야 할까. 어느 쪽이든 나는 이제 내 집 소파에 앉아 타인의 '모로이'한 나날을 멀찍이서 구경만 하고 있다. 한때 내 것이기도 했던 그런 나날을, 그 위로 가만히 겹쳐보며.

바네사, 여기 어항 보이지? 저긴 강이 있고. 너는 여

기 어항에 있고 싶어, 강에 있고 싶어? 물고기라면
말야. 모든 건 계속 변하는 거야. 또 변할 거야. 작년
의 너와 지금의 너는 같아? 같길 기대하면 안 돼.199쪽

우리의 아침밥

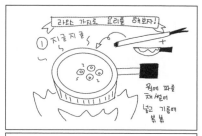

라면 가지로 요리를 해보자!

① 지글지글
윔에 파를
채 썰어
넣고 기름에
볶 볶

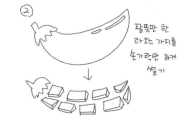

② 팔뚝만 한
라면 가지를
손가락만 하게
썰기

③ ②를 ①에 넣어 볶다가
간장 + 고춧가루 넣고 좀더 볶볶

④ 밥과 함께 와구와구 먹기

※ 식탁이
없어서
바닥에서
퍼먹음

여진의 머리

라오스에서 여진이 머리는
빨강머리앤 머리

양갈래 머리

귀신 산발
(자고
일어났을
때)

쿠엥

한국에 오니
'회사원 머리'
가 됐다.
(아쉽...)

신가 최임 후(상상)

출판사 마케터

데이트란 무엇인가

『우리는 같은 곳에서』
박선우 지음, 자음과모음, 2020

지수의 메모

생각해보니 난 서울 구석구석을 다니며 데이트해본 기억이 별
로 없더라. 부지런히 돌아다니는 성격이 아니기도 하고, 서울
사람을 별로 안 만나보기도 했고. 그러니 서울에서 태어난 네가
온갖 연인들이 등장하는 이 책을 읽고 가상 애인과의 낭만적인
서울 데이트 코스를 한번 짜주지 않을래? 구달 코스를 따라 마
스크 벗고 돌아다닐 수 있는 날이 얼른 왔으면!

서울에서 태어나 40년 가까이 서울 구석구석을 뽈뽈 잘도
돌아다녔지만 서울 사람과 데이트한 기억은 나도 별로 없
어⋯. 이 한 줄을 메일에 적어 지수에게 전송하는 것으로
미션을 종료해버리고 싶은 마음을 꾹 누르고 『우리는 같은
곳에서』를 꺼냈다. 책 꾸러미를 풀어 정리하던 날 "우리 안
의 다채로운 사랑의 모델"이라고 적힌 띠지 문구에 당황해
독서 난이도를 상으로 매겨 책장에 꽂아두었는데, 오늘이
야말로 읽을 타이밍이라는 느낌이 왔다. 검색 창에 내 필
명을 넣어 에고 서치를 하던 참이었다. 2019년 2월 한 패
션잡지에 기고했던 짧은 글이 뜨기에 모처럼 다시 훑었다.
밸런타인데이 특집호답게 '기묘한 사랑'을 주제로 여섯 개
의 러브 스토리를 소개하는 페이지에서, 작가 구달이 자

신 있게 소개한 작품은 1848년 작 도스토옙스키 단편소설
「백야」였다. …발렌티노 드레스를 입은 신민아가 표지 모
델인 잡지에 도스토옙스키를 등장시키다니, 저 무렵에 내
가 잠깐 정신이 나갔던 모양이라고 믿고 싶었지만 등 뒤에
꽂힌 1,000여 권의 책이 한목소리로 외치고 있었다. '넌
언제든 같은 실수를 반복할 거야. 여길 보라고, 사랑 소설
이라고는 『안나 카레니나』랑 『폭풍의 언덕』이 전부라니까.'
동시대의 사랑 이야기가 필요했다. 당장 읽어야 했다.

> 살면서 그래본 적 없으세요? 그가 놀랍다는 듯이 말
> 했다. 그냥, 그 사람이 머무른 장소에 한번 가보는 거
> 요. 22쪽

　뜨끔. 침대에 혼자 누워 있었지만 누가 볼 새라 슬쩍
주변을 살폈다. 살면서 그래본 적 없다. 그냥 그 사람이 머
무른 장소에 한번 가보는 거. 『우리는 같은 곳에서』에 수
록된 첫 번째 단편소설 「밤의 물고기들」의 '그'처럼 헤어
진 애인의 흔적을 쫓다가 충동적으로 통장을 헐어 교토

로 날아가는 행동 같은 건 더더욱. 원래 다들 사랑에 미치면 1,000킬로미터 정도는 거뜬히 이동하는지 궁금해졌지만 딱히 자문을 구할 사람이 없어 다시 소설로 눈을 돌렸다. 이 단편의 일인칭 화자인 '나'는 그가 놀랍다는 듯이 던진 질문에 고개를 좌우로 흔든다. '나'는 3박 4일 내내 전애인이 먼저 여행한 경로를 따라 교토를 다녔다는 그의 고백에 물음표도 안 붙이고 "왜요"라고 대꾸하는 인물이다. '나'는 나와 닮은 면이 있었다. 남의 러브 스토리에 별 관심이 없다는 점에서 말이다. 핀트가 살짝 어긋난 것 같은 느낌은 들었지만 좌우지간 첫 단편에서 나와 비슷한 인물을 발견해 기뻤다. 마음이 놓였다.

단어 하나가 눈에 띄었다. 그뿐. 소설에서 '나'는 "그뿐"이라는 문장을 두 번 반복한다. 한 번은 '그'와 만나기 전의 삶을 설명하면서, 두 번째는 '그'를 만난 이후 몇 년이 흐른 현재의 삶을 설명하면서다. 삶을 둘로 나누는 기준점으로 삼을 정도라면 '그'와의 만남에서 무언가 굉장히 특별한 혹은 강렬한 교감이 이루어졌을 법도 한데 그렇지는 않다. 누나의 지인이자 오픈리 게이이자 결정적으로 초면인

'그'와 우연히 단둘이 누나 집에 남아 어색함을 누그러뜨리기 위해 술잔을 기울이며 이런저런 대화를 주고받은 게 전부였다. 애인이랑 헤어졌다고 자기 삶을 내팽개친 남자, 여봐란 듯이 성 정체성을 드러내는 동성애자. '나'의 시선에 포착된 '그'는 독자인 나에게도 낯선 캐릭터였다. 그런 '그'와의 짧은 만남 이후로 '나'는 이전과 크게 달라지지 않은 나날을 보낸다. 그뿐이다. 그러나 소설이 끝맺은 지점에서 다시 페이지를 첫머리로 넘겨 '나'의 독백을 읽으니 미묘한 변화가 느껴졌다. "왜 어떤 순간들은 불청객처럼 찾아와 남은 생을 고스란히 들여도 소거할 수 없는 얼룩을 남기고 떠나버리는 것일까."11쪽 '그'가 남긴 얼룩이 '나'에게 스며들었고 삶에 작은 균열을 냈다. '나'에게 스민 얼룩의 일부는 그걸 읽어낸 나에게도 남을 터였다.

　　세 번째 수록작인 「빛과 물방울의 색」에는 낯익은 장소가 등장했다. 스타벅스 무교동점. 서울도서관에 다녀오는 길에 가끔 들러 바닐라두유라테를 마시며 빌린 책을 읽고는 했다. 바로 옆 건물이자 광화문 권역 소개팅 메카인 SFC몰에서 처음 뵙는 분과 초면에 파스타를 후루룩 먹은 다음 커피는 제가 사겠다며 발걸음을 한 적도 두어 번 있었다. 현실에서 내가 버지니아 울프의 『등대로』에 코를 박거나 소개팅 2차는 과연 몇 시쯤 파하는 게 가장 이상적일지 고민하던 바로 그곳에서 소설 속 인물은 아주 기묘한 체험을 한다. 그 사실을 곱씹으니 기분이 묘해졌다. 설명이 될지 모르겠는데, 큼지막한 빵 한 덩어리처럼 보였던 세상이 점점 얇은 겹이 겹겹이 포개진 페이스트리로 바뀌어 보이기 시작했다. 맞아 그래, 이러려고 열심히 소설책에 코를 박는 거였다. 단순해 보이는 세상을 복잡하게 바라보기 위해서. 나의 무심하고 굼뜬 시선으로는 포착해내기 어려운 다양한 인생의 결을 내 안에 겹겹이 쌓아올리기 위해서.

소설집에 수록된 여덟 편의 단편을 모두 읽었다. 사회적 거리두기가 4단계만 아니었어도 책을 덮자마자 대문을 박차고 나가 여기저기 쏘다녔을 것이다. 서울 사람 찬스를 이럴 때 써야지. 명동성당 앞, 종로3가 교차로, 합정역 4번 출구, 삼청동과 망원동, 소설 속 배경을 실제로 거닐며 소설이 남긴 여운을 음미하고 싶어졌다. 사랑 이야기에 좀처럼 반응하지 않는 크롬 하트로 다채로운 사랑의 모델을 받아들일 수 있을까 지레 겁먹을 필요가 없었다. 다 쓸데없는 걱정이었다. 내가 이 소설집을 어떻게 읽어냈는지는 여덟 겹의 레이어가 새로이 추가된 프리즘으로 세상을 바라보면서 차차 깨닫게 될 일이었다. 문제는….

데이트란 무엇인가. 사용 빈도수가 극히 낮은 단어가 포함된 미션을 들여다보며 고민에 빠졌다. 연애를 하지 않은 지 꽤 오래되었다. 연애를 원하지도 않는다. 나 사실 대화에 자연스럽게 끼기 위해 〈하트시그널 시즌2〉를 꾸역꾸역 틀어놓고 있어, 라고 지수에게 고백한 기억도 난다. 이 모든 사실을 잘 알기에 지수는 '가상 애인'이라는 조건을 붙였을 것이다. 소설 속 인물을 애인으로 소환할까 싶어 곰곰이 후보군을 헤아려보았으나 레트 버틀러(마거릿 미첼의 1936년 작 『바람과 함께 사라지다』의 주인공이다) 외에는 마땅한 인물이 떠오르지 않았다. 그냥 적당히 사람 형체를 한 누군가를 애인이라 치고 데이트의 명확한 뜻부터 확인하기로 했다. 국립국어원 표준국어대사전 검색 창에 '데이트'를 쳤다. 검색 결과는 당혹스러웠다. "이성끼리 교제를 위하여 만나는 일. 또는 그렇게 하기로 한 약속"이라니, 데이트를 이성끼리 하는 일로 정의하고 있었단 말인가. 잠시 이리저리 알아보다 국민신문고 앱을 켰다. 표준국어대사전에 수록된 '데이트'의 이성애 중심적인 뜻풀이를 성소수자를 포괄하는 내용으로 수정해달라고 문화체육관광부에 민원을 넣었다. 다른 때 같으면 혀를 몇 번 끌끌 차고 넘겼겠지만 여덟 편의 다채로운 사랑 이야기가 내 마음에 얼룩을 남긴 직후였기에 그럴 수는 없었다.

소수자를 배제하는 언어의 문제에 대해 생각하다가, 타 지역 출신 애인에게 명절날 시골에 내려갈 거냐고 무심코 물었다가 무안해졌던 경험이 떠올랐다. 서울 사람들은 인구가 몇 만이어야 시골 취급을 안 하느냐고 되묻는데 할 말이 없었다. 부모님의 고향을 시골이라고 부르던 습관이 빚은 실수였다. 차별적인 언어를 선택하지 않으려고 나름 말을 고르고 고르지만 번번이 실수를 한다. 특히 서울 중심적인 사고방식이 무심결에 말에 섞일 때가 많다. 가령 누가 어디에 사느냐고 물으면 성북동이라고 동네 이름만 대는 식인데, 서울 지명을 전 국민이 다 꿰고 있을 거라고 여기는 이 오만함 어쩔 셈인지.

　성북동으로 이사 오기 전에는 상계동에서 오래 살았
다. 서울 북쪽 끝자락에 위치한 상계동은 으리으리한 회장
님 저택도, 돌 온기를 쬐는 비둘기도 없는 평범한 동네여
서 누군가 사는 곳을 물으면 꽤나 어렵고 복잡하게 설명해
야 했다(전지현이 지하철역에서 테크노 댄스 췄던 광고 기억
해? "난 컬러로 숨을 쉰다." 그걸 찍은 장소가 바로 상계역인데
말이야…). 그래도 내게 사는 곳을 물었던 사람 가운데 몇
몇은 너무 평범해서 어렵게 설명할 수밖에 없는 우리 동네
를 속속들이 알게 되었다. 나와 함께 노원정보도서관 안내
창구에 서서 종로 구민인데 회원 가입이 가능하냐고 물었
던, 동네 빵집에서 할인을 개시하는 밤 9시까지 기다렸다
가 롤빵을 득템하고 기뻐했던, 아파트 단지 안에 있는 근
린공원에 등을 맞대고 앉아 아이스커피를 홀짝이며 수다
를 떨었던 사람들. 그러고 보면 애인에게 동네 곳곳을 구
경시켜주면서 익숙한 동네를 새롭게 알아가는 재미가 꽤
쏠쏠했다. 반대로 낯선 동네를 손바닥 보듯 훤히 꿰게 되
는 순간들도 즐거웠다. 데이트를 하지 않아서 놓친 즐거움

이 있긴 있었네.

자, 그래서 가상 애인과의 서울 성북동 데이트 코스를 알차게 짜보았다. 길상사와 수연산방 같은 전통의 나들이 명소는 제외했다. 두 곳 모두 멋진 공간이기는 하지만 길상사는 관람객이 많아서, 수연산방은 찻값이 원체 비싸서, 결정적으로 둘 다 견공 출입이 제한되기 때문에 평소에는 거의 갈 일이 없다. 애인에게는 성북동의 다양한 모습 중에서도 익히 알려진 매끄러운 결보다는 좀 투박하고 울퉁불퉁하긴 해도 실제 내가 생활하는 동네의 결을 보여주고 싶을 것 같다. 점심은 간단하게 국수를 먹도록 하자. '올레국수'는 제주도식 고기국수를 파는 작은 가게인데 나는 비빔국수가 먹고 싶을 때 애용하고 있다. 야외 가판에 나란히 앉아서 사골 국물과 달걀을 빼고 주문한 비빔국수(고명으로 진미채가 조금 들어가므로 비건식은 아니다)를 왼손 오른손으로 비벼서 후루룩 먹는다. 바로 옆집 조경 가게에서 식물원 못지않게 한가득 내놓은 제철 식물을 구경하는 재미는 덤이다.

식사를 마쳤으면 부른 배를 꺼트리기 위해 산책이 필

요할 것이다. 성북동은 동서남북 어느 방향으로든 걷기 좋은 동네이니 동전을 던져서… 대충 방향을 정하기보다는 애인에게 보여주고픈 풍경을 목적지 삼아 걸어볼까 한다. 국숫집 위쪽 골목을 따라 900미터 정도 걸어 올라가면 '하늘한마당'이라는 이름을 가진 근린공원이 있다. 900미터라고는 하지만 꽤 가파른 언덕길이어서 걷기보다 산 타기에 가깝다는 건 비밀로 해두자. 이름 그대로 하늘과 맞닿은 탁 트인 공간으로, 서울 시내를 한눈에 조망할 수 있는 전망대와 졸졸 냇물이 흐르고 까치 친구들이 뛰노는 생태 공원이 자그마하게 둥지를 틀고 있어 운동 삼아 한 바퀴 돌기 좋다. 샛길을 요리조리 걸어 들어가면 동네 어르신들이 가꾸는 자그마한 텃밭이 나오는데, 그곳에 서서 바라보는 서울 하늘이 특히 아름답다. 나는 지금 지도 앱을 켜서는 절대 찾을 수 없는 나만 아는 장소를 애인과 공유하려는 것이다. 아주 그냥 낭만이 철철 넘쳐흐르는구먼.

마지막 코스는 카페인 충전. 동네에 단골 카페가 두 군데 있는데, 그중에서 '해로커피'를 택하겠다. 한옥을 개조해 아늑하고 다정한 분위기를 담은 공간이어서 낭만 점수를 따내기에 유리할 듯해 골라보았다. 마당에 다리를 쭉 펴고 앉아 구수한 아메리카노를 곁들여 도란도란 이야기 꽃을 피우며 데이트를 마무리할 생각이다. 참고로 마당 좌석은 반려견과 함께 이용할 수 있어서 동네 견공 친구들과 안면을 트는 사교의 장이 되기도 한다. 사실 지금까지 소개한 데이트 코스는 애인은 물론 네발 친구와 함께 즐기기에도 더없이 좋은 코스였음을 밝힌다. 가상 애인이 누구인지는 모르겠지만, 나를 사랑하는 만큼 빌보를 사랑하는 사람이기를 바라기 때문에.

+

민원을 넣고 사흘쯤 후에 국립국어원 어문연구과에서 작성한 답변을 받았다. 주요 내용만 발췌하면 이렇다.

"'데이트'는 현재 〈표준국어대사전〉에 '이성끼리 교제를 위하여 만나는 일. 또는 그렇게 하기로 한 약속'으로 되어 있습니다. 이는 단어의 실제 쓰임을 고려한 뜻풀이로 현재에도 '데이트'는 주로 이성 사이에서 쓰이는 단어처럼 보입니다. 다만 선생님께서 말씀하신 의미의 '데이트'가

실제로 쓰이고 있는지 말뭉치 등에서 좀 더 살펴보고 내부적으로 검토해보도록 하겠습니다."

국립국어원 관계자분들이 살고 있는 현재와 내가 살고 있는 현재가 다른 것일까. 국립국어원에서 살펴본다는 말뭉치 안에 어떤 텍스트가 들어 있는지 궁금해졌다. 퀴어 문학은 없나? 영화 〈아가씨〉의 대본은? 내 블로그 이웃의 연애 포스팅은? 이 답변을 읽고 나처럼 의문이 들었다면 국민신문고 앱을 켜고 민원을 제기해주었으면 한다. 다채로운 사랑의 빛으로 얼룩진 단어가 훨씬 더 아름다우리라고 믿는다면.

당신의 인생을 영원히 바꿀 사람

『캐롤 한/영 각본집』

필리스 나지 지음, 박예하 옮김, 플레인, 2019

구달의 메모

영화 〈캐롤〉을 여러 번 돌려 보면서 깨달은 사실이 있어. 내가
이 영화를 무슨 인물 다큐멘터리 보듯이 감상하고 있더라고.
로맨스 영화에서 로맨스를 빼고 보는 것도 능력이라면 능력인
지…. 지수라면 이 아름다운 각본집에 담긴 사랑의 감정들을 세
심하게 읽어내지 않을까 싶어. 그리고 〈캐롤〉만큼 재미있는, 아
름다운 사랑 영화도 한 편 추천해줘. 이번에는 정말로 로맨스에
집중해서 감상해보려고.

CAROL

SCREENPLAY

영화 《캐롤》 각본집

필리스 너지 각본
이서희 옮김

아침에 책상 앞에 앉자마자 국민신문고 앱을 깔고 문화체
육관광부에 민원을 넣었다. 구달이 알려준 대로 〈표준국
어대사전〉에 수록된 '데이트'의 뜻풀이를 성소수자를 배제
하지 않는 내용으로 고쳐달라 요청하고, 그 김에 우리말
샘의 '데이트 비용(이성끼리 교제를 위하여 만날 때 사용되는
돈)' 뜻풀이도 함께 수정해달라고 했다. 민원을 이렇게 쉽
게 넣는 방법이 있었다니, 구달을 통해 삶의 지혜(?)를 또
하나 배웠다. 역시 친구는 잘 두고 볼 일이다.

그나저나 이번에 내가 읽은 책은 『캐롤 한/영 각본
집』*이다. 2016년 개봉 당시 이 영화를 집 근처 극장에서

---

* 본문에 소개한 판본은 『캐롤 한/영 각본집』 초판이며, 현재는 다른 표지로 디
  자인된 2판으로 발간되고 있다.

혼자 봤는데, 토드 헤인즈의 우아한 연출과 두 주연 배우의 촉촉한 눈빛에 정신을 못 차리고 녹다운됐던 기억이 있다. 각본집은 영화와 어떻게 다를까, 약간의 설렘과 함께 책장에서 책을 꺼냈다.

책은 광택 있는 남색 천으로 장정된 하드커버다. 표지에는 제목과 저자의 이름이 금색 음각으로 찍혀 있다. 마치 금실로 자수를 놓은 듯한 고급스러움. 뒤표지에는 영화 속에서 두 주인공 캐롤(케이트 블란쳇)과 테레즈(루니마라)를 이어주는 소품인 장갑이 그려져 있다. 두근거리는 손길로 첫 장을 넘겨본다. 벽지 같은 질감의 진녹색 면지에는 영화의 오프닝 시퀀스에 등장하는 기하학적 무늬(이 신비로운 무늬는 카메라의 각도가 서서히 바뀌며 실은 철제 하수구 덮개의 일부였다는 것이 드러난다)와 'CAROL'이라는 타이틀이 은은한 금색으로 찍혀 있다. 상단에 역시 금색으로 쓰인 작은 글씨는 "some people change your life forever". 와…. 이 책의 편집자와 디자이너는 〈캐롤〉의 '찐덕후'가 틀림없다. 이 영화를 더없이 아끼는 사람들이 만든 책이라는 게 표지에서부터 느껴져서 본문으로 들어

가기도 전에 감동해버렸다.

본문 앞에는 시놉시스가 짧게 실려 있다.

> 1952년 뉴욕. 캐롤은 우아하고, 세련되고, 부유한 유
> 부녀다. 테레즈는 이제 막 인생을 시작한 나이로 무
> 엇이 되고 싶은지 확신하지 못하고 있다. (…) 캐롤은
> (…) 이 신비롭고 조용한 미녀에게 마음을 사로잡힌
> 다. 18쪽

이처럼 이것은 캐롤과 테레즈의 사랑 이야기다. 지
금보다 세상이 훨씬 보수적이었던 1950년대, 맨해튼의 한
백화점에서 두 여자가 손님(캐롤)과 종업원(테레즈)으로 만
나 서로에게 첫눈에 반한다. 캐롤이 매대에 두고 간 장갑
을 테레즈가 우편으로 보내준 것을 계기로 둘은 밖에서 따
로 만나 식사를 하고, 얼마 후 같이 여행까지 떠나는 사이
가 된다. 둘은 여행지에서 서로에게 더욱 깊게 빠져들지만
이혼 절차를 밟는 중인 캐롤에게는 남편이 보낸 첩자가 따
라붙어 있었고, 그는 캐롤과 테레즈가 함께 보낸 밤을 고

스란히 녹음해 남편에게 보낸다. 캐롤은 딸의 양육권을 빼앗기지 않기 위해 테레즈에게 일방적으로 이별을 고한다. 그 시대에는 동성애가 '고쳐야 할 신경병'으로 간주되었기 때문이다. 캐롤은 자신이 딸을 양육할 수 있는 '정상적인 사람'임을 증명하기 위해 고문이나 다름없는 시부모와의 식사 자리를 몇 차례나 견디고, 심리 상담도 몇 달 동안 착실히 받는다.

그러나 남편과의 양육권 협의를 위해 변호사 사무실로 가던 차 안에서 캐롤은 우연히 길을 걸어가던 테레즈를 발견하고, 그녀에게서 눈을 떼지 못하는 자신을 느끼며 마침내 깨닫는다. 자신의 정체성을 부정하며 살아가는 삶에는 아무런 의미가 없다는 것을("날 부정하며 산다면… 린디에게… 우리에게 무슨 도움이 되겠어?"). 캐롤은 남편에게 양육권을 넘기고 테레즈에게 자신을 만나달라는 편지를 보낸다. 그러나 테레즈는 그 편지를 구겨서 쓰레기통에 던져버린다.

학창 시절 교과서 수록 희곡의 지문을 제외하면 각잡고 각본집을 읽는 게 인생 첫 경험인 나는, 짧은 지문과

대사로만 이루어져 있어 소설보다 훨씬 능동적으로 상상력을 발휘해야 하는 그 스타일이 낯설었다. 솔직히 초반에는 좀 지루해서 살짝 졸기도 했다. 그러나 각본의 지문에는 영화에 담기지 않는 시적인 표현이 있다는 사실을 깨달은 다음부터는 독서가 즐거워졌다. 가령 극 초반에 테레즈가 캐롤의 차를 타고 캐롤의 집으로 가는 장면은 지문에 이렇게 묘사되어 있다.

> 테레즈에게 캐롤의 차 안이라는 세계는 그녀에 대한 하나의 폭로와도 같다. 이 세계의 소리, 심지어 이따금 캐롤이 재잘대는 소리까지도 모두 가장 고요한 '음악'인 빛과 공기의 소리로 대체된다.76쪽

폭로, 세계의 소리, 고요한 '음악'인 빛과 공기. 이런 단어들을 영상으로 고스란히 재현하기란 사실상 불가능할 것이다. 캐롤이 테레즈에게 함께 여행을 가자고 제안하는 다음 장면도 아주 인상적이었다.

캐롤   혹시… 당신이 같이 가고 싶을지도 모른다고 생각했
          어요.

짧은 침묵. 캐롤이 테레즈를 똑바로 본다.

캐롤   그래 줄래요?

테레즈가 결정을 내리기 전, 길고 조용한 시간이 이어진다.

테레즈   네, 네, 그럴게요.

눈발이 날리기 시작한다.114쪽

　　"짧은 침묵", "길고 조용한 시간"이라는 표현에서 주
인공들의 망설임과 긴장이 엿보인다. 이어지는 "눈발이
날리기 시작한다"라는 문장에서는 두 여성의 사랑이 본격
적으로 시작되리라는 것을 예감할 수 있다. 각본집에는 이
런 묘사를 읽는 재미가 있구나. 이제까지 몰랐던 세계를

슬쩍 엿보는 기분이다.

마지막 책장을 덮은 뒤 서둘러 네이버에서 영화를 결제해 재생했다. 책을 읽다 좋았던 초반 장면(테레즈의 친구인 잭이 군중 사이를 빠져나와 가판대에서 신문을 사고, 호텔로 들어가 바텐더에게 그 신문을 건넨 뒤 칵테일 라운지를 둘러보고, 바텐더와 대화를 주고받고, 전화를 하려고 일어서다 테레즈를 발견하는 장면)이 장중한 OST를 배경으로 지루할 틈 없이 지나갔다. 활자로 볼 때는 별생각 없이 넘겼던 테레즈를 향한 캐롤의 대사, "모자 마음에 들어요(각본집에서는 'I like your hat', 영화에서는 'I like the hat')"는 케이트 블란쳇의 반짝이는 눈빛과 무용수처럼 우아한 몸짓, 공기가 잔뜩 섞인 매혹적인 목소리를 통해 유혹의 속삭임으로 다시 태어났다. 시놉시스에 있었던 "신비롭고 조용한 미녀"라는 수사는 화면에 루니 마라의 조막만 한 얼굴이 떠오른 순간 단번에 납득되었다. 앞서 각본의 지문에는 영화에 담기지 않은 시적인 표현이 있다느니 뭐니 했지만 역시 각본은 배우의 체현을 전제로 한 글이라는 점을 새삼 깨닫는다. 그저 활자에 불과했던 대사들이, 배우가 그것을 발음

하고 동작하는 순간 다채로운 질감과 양감, 소리와 빛으로 화면을 채우고 생명을 얻는다. 마법 같은 순간이다.

영화에서 각본과 달라진 장면을 찾는 재미도 꽤 쏠쏠했다. 가령 각본에는 테레즈가 들여다보는 백화점 직원 지침서가 세부 내용까지 명기되어 있는데("…5년 근속 시 2주 휴가. 15년 근속 시 4주 휴가…") 영화에서는 활자가 빼곡하게 채워진 어느 페이지를 2, 3초쯤 비출 뿐이고 자막에는 '프랑켄베르크 직원 지침서'라고만 나온다. 영어가 모국어가 아닌 관객은 화면을 캡처해서 독해라도 하지 않는 한 지침서의 암울한 내용을 영원히 알 수 없을 것이다. 또 각본에는 캐롤이 녹색 실크 스카프에 슈트 차림으로 백화점에 등장한다고 쓰여 있는데 영화에서는 진분홍 스카프에 진분홍 모자, 모피코트 차림이었다. 캐롤의 집에서 테레즈가 피아노를 칠 때, 각본에는 "그녀(캐롤)의 손이 테레즈의 어깨를 약하게 스친다. 테레즈가 얼어붙고, 캐롤은 그녀의 볼을 빠르게 두 번 쓰다듬으며 분위기를 가볍게 만들려고 한다"[81쪽]라고 되어 있지만 영화에서는 볼을 쓰다듬지 않는다. 각본에서는 캐롤이 테레즈에게 선물할 카메라가 상점 마네킹의 목에 걸려 있다고 묘사되었지만 영화에서는 '캐논 카메라 신제품'이라는 푯말과 함께 (캐롤이 구매할) 여행 가방 바로 뒤쪽에 전시되어 있다.

백화점에 등장하는 캐롤의 옷차림이 녹색에서 진분홍으로 바뀐 데는 아마도 영화감독이나 의상감독의 판단이 개입되었을 것이다('케이트 블란쳇을 가장 돋보이게 하는 컬러가 뭘까?'). 캐롤이 테레즈의 볼을 쓰다듬지 않았던 것은, 누군가가 현장에서 불현듯 깨달았기 때문일지도 모른다('테레즈는 캐롤의 손이 어깨에 닿은 것만으로 경직되는 사람인데, 과연 볼을 쓰다듬는다고 분위기가 가벼워질까?'). 영화에서 푯말로 '캐논 카메라'를 강조한 이유는, 그러는 편이 캐롤이 테레즈에게 카메라를 선물할 개연성이 생기기 때문일 것이다. 이런 차이를 발견할 때마다 영화란 역시 감독과 배우와 의상팀과 미술팀과 조명팀과 음악감독 등등 여러 사람의 협업으로 이루어지는 종합예술이구나 생각했다. 모두가 한마음으로 근사한 무언가를 만들어내기 위해 노력하고, 그런 과정에서 뜻하지 않은 화학작용도 일어나 그 기적적인 반짝임이 결과물에 스미는 것. 방에 틀어박혀 혼자 작업하는 내게는 그런 일이 대단하게만 보인다.

　앞서 말한 인상적인 지문, "테레즈에게 캐롤의 차 안이라는 세계는 (…) 빛과 공기의 소리로 대체된다"는 영화에서 과연 어떻게 표현됐을까?

　화면에 두 주인공의 옆얼굴과 눈, 입술이 익스트림 클로즈업 숏으로 잠깐씩 비친다. 곧이어 차가 터널로 진입하면 터널의 초록 불빛에 몽환적으로 물든 테레즈가 캐롤의 옆얼굴을 흘끔거리고, '세계의 소리'는 터널에 울리는 듯한 노랫소리가 되어 흐른다. 차가 터널에서 빠져나오면 갑자기 음악이 뚝 끊기며 화면은 흩날리는 눈발 속에서 크리스마스트리를 사는 캐롤을 응시하는 테레즈의 시점 숏으로 전환된다. 그때 관객은 이제부터 속수무책으로 사랑하게 될 사람을 몰래 쳐다보며 사진을 찍는 테레즈의 두근거림을 공유하게 된다. 테레즈의 뷰파인더가 캐롤을 포착할 때, 캐롤의 모습은 초점이 안 맞아서 잠시 흐렸다가 이내 선명해진다. 그것은 백화점의 군중 속에서 서로를 선명하게 포착해낸 두 사람의 시선과도 같다. 활자와는 아주

다른 영화만의 표현. 그게 너무 아름다워서 눈물이 날 것 같았다.

아까 나는 이 영화의 줄거리를 요약하며 테레즈가 캐롤의 편지를 구겨서 쓰레기통에 던져버렸다고 끝맺었다 (각본에서는 책상 서랍에 던져 넣는다). 실은 그게 끝이 아니다. 테레즈는 캐롤이 지정한 약속 장소로 나간다. 쌀쌀맞은 테레즈의 표정과 달리 캐롤은 절박함을 필사적으로 감추고 있는 것처럼 보인다. 캐롤은 새 아파트와 직장을 구했다며 테레즈에게 같이 살자고 제안한다. 테레즈는 캐롤을 똑바로 바라보며 단호하게 거절한다. 캐롤은 애써 숨을 고르며 마지막 희망을 걸고 테레즈를 저녁 식사에 초대해보지만 거절을 뜻하는 야속한 정적만 흐를 뿐이다. 마침내 캐롤은 눈물이 가득 고인 눈으로 말한다. "사랑해요."

서로를 향한 감정의 깊이와는 별개로 과거 이 두 사람 사이의 주도권은 언제나 캐롤이 쥐고 있었다. 캐롤은 본인이 먼저 만나자고 청했으면서 약속 시간에 늦게 나타나고, 테레즈에게 카메라를 선물하면서도 그것이 담긴 여행 가방을 발로 차며 "열어봐요"라고 거만하게 말하는 사람이었다. 반면 테레즈는 캐롤의 집에 손님으로 갔지만 스스로 다과를 준비했고, 담배가 없다고 캐롤이 짜증을 내면 자기가 사 오겠다고 나섰다. 캐롤이 뜬금없이 만나 자고 해도 yes, 집으로 찾아간다고 해도 yes, 여행을 가자 고 해도 yes라고 말하는 (캐롤에게만) 순종적인 인물이었 던 것이다.

캐롤이 보낸 편지를 테레즈가 구겨서 쓰레기통에 던 져 넣을 때, 우리는 이제 이 관계의 주도권이 테레즈에게 로 확실히 넘어왔음을 알게 된다. 하지만 테레즈는 "사랑 해요"라는 캐롤의 말에 마음이 흔들려 결국 캐롤이 저녁 을 먹고 있는 레스토랑으로 간다. 두 여자는 다시 한 번 세상에 오직 둘만 존재하는 것처럼 서로를 마주보고, 캐 롤의 입가에 알 듯 말 듯한 미소가 서서히 번지며 영화는 끝난다.

자신의 마음에 대해 단 한 번도 의심하지 않고 밀어 붙여 끝내 사랑을 쟁취해낸 이 두 주인공의 앞날은 어떻게 될까. 관계의 주도권을 주고받으며 연애를 즐기다가, 시간 이 흐르면 그마저 지겨워져 새로운 사랑을 찾아 나설 수도

있다. 혹은 영원하고도 안정적인 형태로 서로에게 정착할
수도 있을 것이다. 그 미래가 무엇이든 둘은 서로의 인생
을 완전히 바꾸어놓았다. 그런 순간들을 활자뿐만 아니라
영상으로도 감상할 수 있다는 건, 아무리 생각해도 이 시
대에 태어나 누릴 수 있는 가장 근사한 사치 중 하나인 것
같다.

구달에게

　〈캐롤〉이 너무나 강렬하고도 성공적인 러브 스토리라서 이제부터 내가 들려줄 영화 이야기는 좀 시시할 수도 있겠다. 이 영화의 주인공들은 〈캐롤〉의 그들처럼 용감하지 못했거든. 하지만 어쩌겠어. 세상 모든 사람들이 그렇게 원하는 것을 향해 직진하는 삶을 살 수 있는 건 아니잖아. 어쩌면 간절히 바라던 걸 끝내 가지지 못한 채, 과거를 돌아보며 그리워하는 인생을 사는 사람들이 훨씬 많을 거야. 그러니 우리는 그런 이들의 이야기에도 마땅히 귀를 기울여야겠지.

　이 이야기는 〈캐롤〉보다 11년 뒤인 1963년에 시작해. 만년설로 뒤덮인 양 떼 방목장에서 에니스와 잭이라는 두 남자가 여름 한철 동안 양치기 및 야영지 관리인으로 일하게 되지. 목장의 감독은 그들에게 멀찍이 떨어져 있는 방목장과 야영지에서 각각 따로 잠을 자며 양을 돌볼 것을 명령했어. 방목장에서 캠핑을 하는 건 불법이었지만 맹수들로부터 양을 보호하기 위해 밤에도 옆에서 지킬 사람이 필요했던 거야. 취사는 야영지에서만 가능했기에 방목장 담당자는 밥때가 되면 야영지에 와서 식사를 한 뒤 몇 시간 동안 말을 타고 다시 방목장으로 돌아가야 했어.

야영지와 방목장을 오가며 넓은 산에서 단둘이 지내는 생활 속에서 에니스와 잭은 점점 서로에게 마음을 열어가. 어느 날 밤 둘은 술을 많이 마셨어. 몸을 가누지 못할 정도로 취한 에니스는 방목장으로 돌아가지 못했지. 처음엔 잭은 텐트 안에서, 에니스는 밖에서 담요를 덮고 잠을 청했어. 하지만 8월임에도 만년설로 뒤덮인 그 산은 너무 추웠지. 에니스가 벌벌 떠는 소리를 들은 잭은 들어와 함께 자자고 청했고, 그날 둘은 갑작스럽게 사랑을 나눠.

아침이 찾아오자 에니스가 잭에게 한 말은 "그냥 하룻밤 지낸 것뿐이야" "난 동성애자가 아니야"였지. 잭 역시 "나도야"라고 응수했지만 그 후로도 두 사람은 서로를 향한 끌림을 멈출 수 없었어.

폭풍이 와서 두 사람은 예정보다 빨리 마을로 내려가

게 됐어. 둘은 다시 만날 기약 없이 헤어졌어. 4년 뒤 잭이 에니스에게 편지를 보낼 때까지 말이야. 그 편지를 계기로 둘은 1년에 한두 번씩 그 산에 가서 며칠씩 함께 지내게 됐어. 무려 20년 동안이나. 각자에게 아내와 자식이 있었지만, 그들에게는 그 산에서 보내는 짧은 시간만이 진정한 삶이었던 거지.

둘이 함께 있을 때 잭은 늘 에니스보다 적극적으로 마음을 표현했어. 함께 목장을 하면서 살자고도 하고 '그런 사람들'이 많다는 멕시코로 떠나자고도 했지. 하지만 에니스는 모두 거절했어. 어릴 적 아버지가 보여준 어떤 장면, '동성 친구'와 목장을 운영하며 살던 마을 남자가 '이상한 소문' 탓에 누군가에게 흠씬 얻어맞고 성기가 뽑혀 죽어 있던 그 참혹한 광경을 잊을 수 없었거든. 에니스는 그게 자기 아버지 짓이라고 생각했어. 그래서 두 남자가 함께 사는 건 있을 수 없는 일이라고 머릿속에 박혀 있었던 거야.

어느 해 둘은 크게 싸웠어. 잭은 에니스를 더 자주 만나고 싶었지만 에니스는 일을 해야 했거든. 부잣집 딸과 결혼해 풍요롭게 사는 잭과는 달리 에니스는 이혼하고 자식의 양육비를 대기도 버거운 삶을 살고 있었어.

잭의 마음을 풀어주기 위해 에니스는 엽서를 보내. 하지만 그 엽서는 '수취인 사망'이라는 도장이 찍혀 반송됐어. 잭의 아내는 잭이 사고로 죽었다고 에니스에게 전화로 알려줬어. 그리고 잭을 화장해 재의 절반을 그의 부모님께 보냈다고도 덧붙였지. 잭이 생전에 자신이 죽으면 뼈를 '브로크백 마운틴'에 뿌려달라고 말했는데, 그게 어딘지 몰라서 그의 고향으로 보냈다는 거야. 그 말을 듣고 잭의 부모님 집을 찾아간 에니스는, 둘이 처음 만난 여름 브로크백 마운틴에서 자신이 입다 잃어버렸다고 생각했던 낡은 체크무늬 셔츠를 잭의 옷장에서 발견해. 그것은 그 여름 내내 잭이 입었던 청남방 아래 포개져 있었어.

진작 눈치챘겠지만 맞아, 이건 영화 〈브로크백 마운틴〉의 줄거리야. 영화는 에니스가 혼자 사는 낡은 컨테이너 하우스의 옷장을 비추며 끝나. 그 옷장의 문 안쪽에는 잭과 에니스의 셔츠가 포개져 걸려 있어. 잭의 옷장에서와는 반대로, 이번에는 에니스의 셔츠가 잭의 청남방을 감싸고 있지. 에니스는 그것을 보며 말해. "잭, 맹세할게."

에니스는 대체 무엇을 맹세한다는 걸까? 잭은 이미 떠나버렸는데. 여생을 영원히 너만 사랑할 거라고? 너와의 기억을 평생 잊지 않을 거라고? 그러나 내 생각엔 이 어긋난 타이밍의 안타까움, 아무리 애를 써도 진정으로 원하는 것을 가질 수 없는 슬픔이야말로 이 영화를 영화답게 만드는 것 같아. 만약 잭과 에니스가 처음 만난 여름부터 함께 살기로 결심했다면, 두 인물은 행복했겠지만 그 이야기가 영화가 되지는 않았겠지. 그럼 관객이 그 둘을 통해 강렬한 슬픔을 간접 체험할 일도 없을 테고. 그러니 말하자면 〈브로크백 마운틴〉은 〈캐롤〉과는 정반대의 방식으로 스스로를 부정하는 삶을 살지 말라고 관객의 등을 밀어주는 영화라고 할 수 있어.

결말까지 다 떠들어놓고 이런 말 하기는 머쓱하지만, 혹시 이 영화를 아직 안 봤다면 꼭 한번 보기를 바라. 4년 만에 재회한 에니스와 잭의 키스신이 내가 꼽는 세기의 명 키스신 중 하나거든. 그 장면에 담긴 4년 치의 그리움이란… 도무지 활자로 표현이 안 되더라. 혹시 기회가 되면 너의 감상도 들려주고!

도시 식물의 쓸모와 슬픔

『식물의 책』

이소영 지음, 책읽는수요일, 2019

- -

지수의 메모

부끄럽게도 세상에 식물 세밀화가라는 직업이 있다는 사실을
이 책을 보고 처음 알았지 뭐야. 생각해보니 난 집에서 키우는
화분 서너 개 말고는 이름을 제대로 아는 식물도 몇 안 되더라.
반성하는 마음으로 아파트 화단에 있는 식물이라도 이제부터
알아보려 해. 너도 '우리 동네 식물 이름 알기' 운동에 동참하지
않을래?

하루는 지독한 악몽을 꾸었다. 꿈에서 나는 책상에 코를 박고 식물 책 교정 작업에 열중하고 있었다. 핀셋으로 틀린 글자를 살살 떼어낸 다음, 단어카드 상자에서 제대로 된 글자를 찾아내어 핀셋으로 다시 살살 붙이는 업무였다. 해도 해도 너무한 재래식 작업 방식에 팔이 죽도록 아파서 엉엉 울며 일했다. 심지어 어찌 된 영문인지 라틴어로 쓰인 원고였다. 여기까지만 해도 충분히 몸서리쳐지게 괴로운 악몽이 아닐 수 없는데 진짜 사건은 뒤에 터졌다. 꿈속에서나마 어떻게든 작업을 수월하게 진행시키려고 미리 필요한 단어카드를 찾아 순서대로 쌓아두었는데, 갑자기 웬 야비하게 생긴 악당이 나타나 화투짝 섞듯 짝짝 소리를 내며 단어카드를 섞어버렸다. 하, 지금 이 글을 쓰면서도 팔뚝에 오소소 소름이 돋았다.

　이 악몽의 클라이맥스는 꿈에서 깨자마자 현실의 내가 식물 책 교정지에 실제로 코를 박았다는 사실이다. 출판사를 나와서 외주 편집 일로 밥벌이하던 시절이었다. 공중식물 250여 종을 사진과 함께 소개하는 책이라고 하기에, 텍스트가 적겠거니 싶어 일정이 빠듯했지만 덜컥 일을 받은 게 탈이었다. 외주 작업자는 무리하지 않는 선에서 일을 받으면 먹고 살기가 힘들어서 어쩔 수 없다. 그렇게 출판사에서 원서와 번역 원고를 받아서 작업을 시작하려는 시점에 깨달았다. 학명은 라틴어로 기재한다는 것을. 여름이었다. 짙은 녹음이 우거진 바깥세상과 단절된 채 연신 손등으로 땀인지 눈물인지를 훔치며 산림청 홈페이지와 라틴어사전에 의지해 식물 250종의 학명을 하나하나 교정보았다. 사진으로나마 싱그러운 풀을 감상하면서 그래도 조금은 위로받았겠지 하는 짐작은 금물이다. 진녹색 머리카락 수천 가닥에 칭칭 감겨 늪으로 끌려가는 악몽을 열 번쯤 꿨으니까. 지금도 나는 고불고불한 녹색 머리칼을 음산하게 늘어뜨린 틸란드시아가 너무 무섭다.

스트레스를 받으면 어김없이 악몽을 꾼다. 현대인에게 스트레스란 영혼의 단짝과도 같으니, 거의 매일 밤잠을 설친다는 의미다. 내가 꾸는 악몽의 특징은 가장 고통스러운 순간이 클로즈업된다는 점이다. 가령 앞에서 소개한 악몽에서는 핀셋으로 글자를 떼어내는 장면이 확대되어 부들부들 떠는 손을 바라보았던 기억이 난다. 악몽 감독이 머릿속에 상주하는 것도 아니고 분명 내 무의식이 연출한 앵글일 텐데, 아무리 꿈이라도 그렇지 내가 나한테 참 잔인하게 군다 싶다. 하도 괴로워서 그동안 악몽 탈출을 위해 여러 방법을 써보았다. 일단 회사를 그만두었고(?) 자기 전에 따뜻하게 데운 물을 마시는 습관을 들였다. 매트리스를 책장에 딱 붙여서 쓰고 있는데, 혹시 머리와 맞닿는 부분이 하필 '도스토옙스키 존'인 게 문제인가 싶어 귀여운 강아지가 그려진 천을 사서 책을 가리기도 했다. 지피지기면 백전백승이라는 마음가짐으로 프로이트가 쓴 『꿈의 해석』을 꾸역꾸역 읽었으나 깨도 깨도 꿈속인 꿈을 꾸었을 따름이다. 그러던 차에 지수가 권한 『식물의 책』에서 베개 밑에 로즈마리 가지를 두면 악몽을 꾸지 않는다는 문장과 만났다. 귀가 솔깃했다.

　바로 쇼핑 사이트를 켜고 검색 창에 '로즈마리 가지'라고 쳤다. 흙이 달라붙은 뿌리와 파릇파릇하게 피어난 잎, 로즈마리 묘목이 수백 그루 떴다. 아이쿠…. 얼굴이 화끈거렸다. 『식물의 책』을 읽고도 식물에서 딱 필요한 부분만을 돈으로 사려고 하다니. 불과 10분 전에 "결국 사람들은 별로 주지 않으면서도 많이 받을 수 있는 식물을 원하는 것 같아요. 바로 그것이 현재 우리 인간이 식물을 바라보는 시선일 거고요"104-105쪽라는 문장에 연필로 밑줄을 쫙쫙 그으며 혀를 쯧쯧 차놓고서는 말이다. 저자가 대형 식물 마켓에서 아르바이트를 할 때 느꼈던 단상을 적은 문장이었다. 식물을 사러 온 손님은 대부분 비슷한 질문을 던졌다고 한다. 물을 자주 주지 않아도 괜찮은 식물이 있나요? 신경을 많이 안 써도 잘 자라는 건요? 그다음으로는 기능적인 부분을 물었다고 한다. 잎 먹을 수 있어요? 향기가 좋나요? 공기 정화는 돼요? 내가 손님이었다면 화룡정점을 찍었을 테지. 이 로즈마리를 키우기는 좀 부담스러운데… 가지만 파시면 안 될까요?

『식물의 책』은 식물 세밀화가의 눈으로 탐색한 도시 식물 40여 종을 소개하는 책이다. 각 식물에 얽힌 흥미로운 이야기들이 저자가 직접 그린 세밀화와 함께 담겨 있다. 한데 어쩐지 읽는 내내 〈개는 훌륭하다〉를 시청할 때와 비슷한 기시감이 들었다. 강형욱 훈련사는 한 인터뷰에서 "개를 교육하러 왔다고 속이고 사실은 사람을 교육하기도 한다"라고 말한 적이 있다. 공격적인 성향을 보이거나 문제를 일으키는 개들이 왜 그런 행동을 하는지 자세히 관찰하면, 대부분 보호자의 무지 혹은 무관심과 그로 인한 잘못된 양육 태도가 원인인 경우가 많은 탓이었다. 보호자가 열심히 배우고 더 많이 깨우칠수록 개들은 훌륭해졌다. 아니 행복해졌다. 『식물의 책』에서 저자가 무지를 일깨우고 식물을 바라보는 태도를 바꾸도록 유도하는 대상은 다름 아닌 사람이다. 식물에 대해 조금도 배우려 하지 않으면서 내가 보시기에 참 예쁜 꽃이니 내가 쉬시기에 참 좋은 시원한 나무 그늘이니 이것저것 바라기나 하는 나 같은 도시 인간.

가을이 오면 오만상을 찡그리고 코를 감싸 쥔 채로

까치발을 들어 은행나무 아래의 지옥을 통과하곤 했다. 은행 열매가 '악취의 주범'이라며 나무를 흔들어 열매가 익기 전에 수거하거나 암나무를 수나무로 교체하는 등 지자체의 노력이 필요하다는 뉴스를 보면서 대차게 고개를 끄덕였다. 암 그렇고말고. 은행나무가 1과 1속 1종, 다시 말해 지구상에 단 한 종밖에 없는 식물이라는 사실은 이 책을 통해 처음 알았다. 친척 종이 모두 멸종한 상황에서 유일하게 살아남은 귀한 나무를, 가을 한철 고약한 냄새를 풍긴다는 이유로 씨를 말려버리라고 응원해온 것이다, 내가. 또다시 얼굴이 화끈거렸다. 애초에 은행나무를 가로수로 선택한 장본인은 다름 아닌 우리 도시 인간들이었다. 그러니 가을철 악취의 주범은 은행나무가 아니라 사람이다. 은행나무는 병해충에 강하고, 겨울에 해를 가리지 않고, 키가 크고, 수형이 아름답고, 대기오염을 잘 견디어낸다는 이유로 길가를 지키는 역할을 떠안았을 뿐이다.

생각해보면 도시 곳곳에 터를 잡은 식물들이 청운의 뜻을 품고("한양으로 가서 정이품 소나무가 되겠어!") 자발적으로 숲을 떠나 도시로 왔을 리 없었다. 대부분은 인간이 그때그때 필요에 따라 숲에서 도시로 옮겨 심은 것이다. 콘크리트를 부어 만든 삭막한 도시 풍경을 아름답게 가꾸기 위해, 뜨겁게 달아오른 아스팔트에 시원한 그늘을 드리워 열을 식히기 위해, 꽃을 감상하고 열매를 따 먹기 위해. 저자는 도시 식물들이 인간의 요구에 의해 심기는 만큼 인간이 책임감을 가지고 식물들을 대해야 한다고 힘주어 말한다. 식물을 열심히 배우고 알아가야겠다는 마음을 다지며 독서를 이어나갔다. 숲에서 도시로 터전을 옮기게 된 식물들의 사연에 난생처음 귀를 기울이면서.

한겨울에 꽃을 피운다는 복수초를 끝으로 식물 세밀화가가 들려주는 도시 식물 이야기는 마무리되었다. 맨 마지막 문장에 연필로 밑줄을 그었다. 이 책을 돌려받아 다시 펼쳤을 때 지수의 시선이 한 번 더 이 문장에 머무르기를 바랐다. "추운 겨울 복수초를 발견하고 반가워하는 그 자체가 그 사람 몫의 행복일 겁니다."279쪽 같은 책을 읽은 우리는 이제 우리 몫의 행복을 식물을 관찰하는 일에서도 발견하게 될까? 마지막 페이지에 연필을 끼워둔 채로 책이 남긴 질문을 이리저리 굴리다가, 연필을 빼 들고 목차

페이지를 펼쳤다. 내 몫의 행복은 잘 모르겠다만 내 몫의 할 일은 확실히 남아 있었다.

인터넷 검색 창을 열어 목차에 적힌 순서대로 식물 42종 이름과 '강아지 위험'을 검색어로 입력했다. 민들레 강아지 위험, 알로에 강아지 위험, 느티나무 강아지 위험…. 나는 도시에 산다. 책에 소개된 도시 식물들을 길에서 혹은 실내 공간에서 마주칠 확률이 아주 높다는 뜻이다. 이 중에 개와 상극인 식물이 있다면 안전을 도모하는 차원에서 이름과 모양을 잘 기억해두고 싶었다. 검색 결과를 하나하나 확인하고, 개에게 위험한 식물 이름 옆에는 연필로 엑스(X) 표시를 적어 넣었다. 알로에는 엑스. 잎에 독성이 있어서 개가 먹으면 호흡곤란을 일으킬 수 있다고 한다. 월계수, 몬스테라, 주목을 포함하여 총 17종에 엑스 표시를 했다. 요주의 식물이다. 나는 마치 지명수배범 몽타주 따듯이 엑스를 받은 식물들의 세밀화를 찰칵찰칵 찍어 사진첩에 고이 저장했다. 혹여 나중에라도 집들이를 하게 된다면 몬스테라 화분 선물은 정중히 사양한다고 분명히 밝혀야겠군, 이런 생각 따위를 하면서.

지수가 남긴 메모에는 '우리 동네 식물 이름 알기' 운동에 동참하라고 적혀 있었건만. '우리 개에게 위험한 식물 이름 알기'로 독서를 마무리해버렸다. 내가 식물을 대하는 태도는 아직 이렇다. 주변 식물과 통성명하기 전에 우리 개에게 미칠 영향부터 따져보고 있다. 그래도 견공 보호자라는 렌즈를 장착한 덕에 뜻밖에 호감을 품게 된 식물도 생겼으니, 바로 무궁화다. 무궁화는 강아지는 물론 고양이에게도 안전한 식물이었다. 솔직히 지금껏 분홍색 꽃잎과 노란색 수술의 색 조합이 참 촌스러운 꽃이라고 여겨왔으면서 견공한테 안전하다고 하니까 새삼 관심이 생기는 나 자신이 부끄럽다. 하지만 무궁화의 '무궁'은 다함이 없다는 뜻. 한여름에 꽃을 피워 무려 백일 동안이나 피고 지고를 반복하는 모습을 본 선조들이 붙인 이름이라고 한다. 그만한 성정을 지닌 식물이라면 나처럼 내 개밖에 모르는 식물 초심자도 넉넉히 품어주지 않을까. 본문에 실린 무궁화 세밀화를 찬찬히 눈에 담았다. 애국가 영상에 등장하는 클로즈업된 꽃송이만 보아온 터라, 약간 쑥을 닮은 잎이며 위로 곧게 뻗은 가지 모양이 낯설었다. 명색이 국화國花인데 꽃이 피어 있지 않으면 알아보지 못할 뻔했다. 이제 확실히 익혔으니 빌보와 동네를 산책하다 책에서 본 잎과 가지를 빼닮은 식물을 발견하면 반가워하며 이름을 부를 것이다. 오, 무궁화로구나.

자신이 좋아하는 것이 무엇인지
말할 수 있는 사람

『부드러운 거리』

정인하 지음, 아트북스, 2018

구달의 메모

사람이 싫다, 무생물이 최고다, 내가 항상 입버릇처럼 하는 말
이잖아. 이 에세이를 읽고 어쩌면 나는 사람을 좋아해왔는지도
모른다고 생각했어. 통창이 있는 커피숍이나 카페테라스에 앉
아서 이 책을 읽을 것. 책장을 덮고 나서는 '적당한 거리'에서 사
람들을 바라봐줘. 그렇게 눈에 담은 장면을 나에게도 건네주면
좋겠어.

지수
·······

코로나19라는 역병이 전 세계를 강타한 지도 1년이 다 되어간다. 1년이라니…. 올해(2020년) 초 바이러스가 무섭게 확산되던 시기에는 네 살 아이와 함께 2주간 집 밖으로 단 한 발자국도 나가지 않았다. 보이지 않는 것에 대한 공포라는 생소한 감정에 벌벌 떨면서도, '여름에는 바이러스의 기세가 꺾일 수도 있다'라는 밑도 끝도 없이 낙관적인 관측을 나는 믿고 있었다. 그러나 계절은 역병과 함께 여름을 지나 가을이 됐고, 또다시 겨울이 돌아왔다. 수도권에서는 신규 확진자가 하루에도 400—500명씩 쏟아져 나오고 있다. 구달은 이 책을 내게 주며 "통창이 있는 커피숍이나 카페테라스에 앉아서 읽을 것"이라는 메모를 붙여놓았지만, 요즘 카페에서는 테이크아웃만 가능하기에 실현하기 힘든 미션이 되고 말았다.

　별수 없이 나는 우리 집 거실의 긴 소파에 누워서 책을 펼쳤다. 대신 영혼만은 코로나 이전 시대에 내가 종종 노트북을 들고 가서 일했던 우리 동네 스타벅스로 보냈다. 나는 그 스타벅스의 가로로 길고 상판이 두꺼운 나무 테이블 자리를 좋아한다. 거기 앉아 고개를 들면 창밖에서 거대한 플라타너스 잎사귀들이 늦은 오후의 데워진 공기를 머금고 기분 좋게 흔들리는 걸 볼 수 있다. 옆 건물에는 채소 가게와 반찬 가게가 있어서 장바구니를 든 사람들이 종종 지나가고, 유아차를 끄는 부모와 씽씽이를 탄 아이들도 10초에 한 번 꼴로 보인다…. 응? 내가 방금 묘사한 이 풍경, 왜 이렇게 구체적이지? 나는 보통 그 자리에 앉으면 (나의 아들 유하의 하원 시간이 맹렬한 기세로 다가오고 있기 때문에) 옆자리 사람이 나고 드는 것을 모를 정도로 집중해서 일을 한다(고 생각했다). 눈앞에 펼쳐진 풍경을 관찰할 여유 따위는 없이 노트북에 코를 박고 전투적으로 자판을 두들겨온 줄 알았는데, 의외로 자주 창밖을 바라보며 멍때렸나 보군.

이 책의 풍경도 창가에 면한 긴 나무 테이블에서 시작된다. 일러스트레이터인 저자는 신림동 카페의 테이블 자리에 앉아 창 너머의 사람들을 관찰하고 그린다. 횡단보도에서 초록불을 기다리는 사람과 버스 정류장에 서 있는 사람 등이 저자의 노트에 동글동글 귀여운 모습으로 담긴다.

혹시 카페나 여행지에서 행인의 모습을 그려본 적 있으신지? 마치 나는 여행을 가면 늘 스케치북을 꺼내 들고 대大화백에 빙의해 연필을 놀리는 양 대차게 이 질문을 써놓고 생각해보니, 그래본 적이 한 번도 없다(죄송). 대신 필름카메라로 거리의 풍경을 담아본 경험이라면 좀 있다. 필카로 뭔가를 찍으려면 필름이라는 자원을 소모해야 하므로, 찍는 사람은 그 풍경이 '필름을 써가며 찍을 만한 것인지'를 무의식적으로 판단하여 취사선택을 한다. 다시 말해 그 풍경의 어떤 요소가 일정 기준 이상으로 마음에 들지 않으면 셔터를 누르지 않는다는 뜻이다. 그렇게 찍어 모은 풍경 중에는 건물과 하늘의 경계선, 나무와 하늘, 그냥 하늘이 많다는 것을 나는 늘 필름을 현상하고서야 깨닫는다.

어쩌면 그림도 마찬가지 아닐까? 아무리 힘 빼고 그리는 일러스트라도 종이로 무언가를 데려오려면 시간과 에너지가 든다. 그러므로 선택된 풍경이나 행인에는 필연적으로 그리는 이의 마음을 끄는 요소가 있을 것이다. 저자는 그림을 그리다 보면 자신이 사람의 무엇에 흥미를 느끼는지 깨닫는다고 했다. 마른 사람이 만들어내는 성긴 실루엣, 살집 있는 사람의 둥그스름한 실루엣, 색 조합이 산뜻한 옷, 남자 노인의 단정한 재킷 차림…. 그렇게 저자의 '좋아함' 필터를 거쳐 노트에 담긴 사람들은 어쩐지 모두 유순해 보인다. "사람이 가진 사회적 능숙함이나 세련됨보다는 동물이라는 큰 틀로 봤을 때의 순함, 수줍음이나 어설픔 같은 것에 마음이 움직인다"6쪽는 저자의 '결'이 그림에도 저절로 나타나는 것 같다.

사진을 찍거나 그림을 그리는 건, 어쩌면 우리를 둘러싼 이 세계에서 자신이 무엇을 좋아하는지 알아가는 행위이기도 할 것이다. 구달과 내가 카페 창가에 나란히 앉아 그림을 그린다면 그 스케치북은 과연 무엇으로 채워질까?(방금 "무생물이 최고다"라는 구달의 말이 머릿속에서 살짝 꼬여서 미생물로 가득한 스케치북을 떠올리고 말았다. 행인을 보면서 효모나 곰팡이나 세균 같은 것을 그리고 있는 구달이라. 그것도 현대미술 같아서 나쁘지는 않지만…).

저자는 하얀 옷을 입고 하얀 봉지를 들고 가는 하얀 머리의 할머니, 강아지를 소중하게 품고 가는 둥그스름한 아주머니를 그린다. 춥지 않으려고 롱 패딩을 입었지만 운동화 위로는 맨 발목을 드러낸 젊은이들의 차림이 실용적인 건지 비실용적인 건지 헷갈려하며 그들을 그린다. 맥도날드에서 김 스낵을 먹으며 책을 읽는 할아버지, 양산을 나눠 쓰고 걸어가는 세 할머니, 대파나 달걀을 사서 소중히 들고 가는 동네 주민들을 그린다. 저자의 손끝에서 탄생한 귀여운 행인들을 하나하나 눈에 담으며, 나는 사람을 부드럽게 관찰하는 일은 어쩌면 타인에 대한 이해로, 관용으로, 사랑으로 이어질지도 모르겠다는 생각을 했다.

자, 이제 저자의 부드러운 시선을 이어받아 내가 밖으로 나가 "'적당한 거리'에서 사람들을 바라보기"라는 구달의 미션을 수행할 차례인데(코로나19 시국의 적당한 거리

란 과연 몇 미터일까? 1미터 이상⋯?), 앞서 말했듯 카페에
갈 수가 없어서 최근 유심히 관찰한 야외의 풍경 하나를
대신 꺼내보려 한다.

그날 우리 가족은 속초해수욕장에 갔다. 나와 남편이
돗자리에 앉아서 파도를 구경하는 동안 유하는 모래놀이
장난감으로 흙을 퍼서 나르거나 조개껍데기를 바다에 던
지며 "엄마, 나 파도 아저씨한테 밥 줬어!" 하고 재잘거리
기를 반복했다. 잠시 후 열 살쯤 되어 보이는 소녀와 그 부
모가 와서 우리 옆에 앉았다. 소녀는 파란 내복을 겹쳐 입
은 갈색 코르덴바지를 무릎까지 걷어 올리고 자신의 모래
놀이 장난감을 주섬주섬 꺼냈다. 곧이어 긴팔 티셔츠도 걷
어 올리더니(그 안에도 파란 내복이 있었다) 영차영차 흙을
파서 수로 같은 것을 만들었다. 아빠에게는 양동이를 건네
며 바닷물을 퍼달라고 요청했다.

그것을 물끄러미 바라보던 유하는 자신의 조그만 삽
을 내게 주며 말했다. "엄마, 유하도 물 떠주세요."(유하에
게는 양동이가 없었다.) 나와 남편은 (삽이 유하가 원하는 물
의 양을 충족시키기에는 터무니없이 작았기 때문에) 교대로

부지런히 물을 퍼 날랐고, 유하는 누나를 흘끔흘끔 쳐다보되 결코 가까이 다가가지는 않으며 그 수로 같은 것을 따라 만들기 시작했다.

얼마쯤 지나 소녀는 유하의 존재를 알아차리고 말을 걸어왔다. "같이 놀래?" 유하는 다 듣고도 못 들은 척 흙만 팠다. 소녀의 부모들은 미소를 지으며 유하를 바라보고 있었다. "유하야, 누나가 같이 놀자는데?" "누나 옆으로 가볼까?" 그들이 무안할까 봐 마음이 급해진 나와 남편은 앉아 있던 유하를 통째로 들어 소녀의 옆으로 옮겼다. 손을 꼼지락거리며 땅만 보는 유하. 그러거나 말거나 "유하야, 이거(장난감) 누나가 좀 빌려 써도 돼?" 하며 원래 알던 사이처럼 살갑게 말을 거는 소녀. 하지만 나는 안다. 유하는 지금 누나의 관심이 싫지 않다는 것을. 누나가 말을 거는 게 부담스러웠다면 말없이 내 뒤로 숨었을 아이다. 유하는 지금, 통통한 손으로 그저 열심히 흙만 모으고 있다. 자신이 만드는 게 뭔지도 모르면서. 자신의 마음을 간지럽히는 게 뭔지도 모르면서.

나와 남편은 마스크를 쓴 두 아이의 눈이 웃고 있는

것을 본다. 아이들의 세계는 어쩌면 저렇게 쉽게 포개지고 확장되는 걸까. 두 아이는 자신들이 만들어놓은 모래성과 수로를 파도와 바람이 망쳐버리기도 전에 서로를 까맣게 잊어버리겠지만, 그렇다면 나는 유하를 대신해 이 광경을 부지런히 보고, 찍고, 써두고 싶다. 너의 이런 순간순간을 엄마 아빠가 더없이 사랑했다고 나중에 말해주고 싶다.

내 이런 마음이 뼛속까지 이과인인 남편(직업은 개발자, 별명은 로봇)에게 전해졌을 리 없는데, 그날 남편의 휴대전화에는 드물게 나와 유하의 사진이 여러 장 찍혀 있었다.

편지가 구원이 될 수 있다면

『가장 사소한 구원』

라종일·김현진 지음, 알마, 2015

지수의 메모

혹시 '존경하는 어른'이나 '인생 상담을 할 수 있는 어른'이 있니? 난 이 책을 읽고 그런 어른이 내 곁에 있다면 얼마나 좋을까 생각했거든. 혹시 네게 그런 어른이 있다면 넌 그분께 어떤 편지를 쓸지 궁금해지네. 없으면 뭐… 없는 대로 마음속 위인(?)에게 편지 써보기!

구달

솔직히 털어놓자면 제 마음 편하자고 이 편지의 수신인으로 선생님을 떠올렸습니다. 저는 정말이지 편지 쓰는 데는 재주가 없거든요. 가까운 지인들은 잘 알고 있을 겁니다. 틀에 박힌 문구를 돌려쓰는 것으로 유명해요. 축하한다고, 건강하라고, 자주 보자고, 빤하디빤한 문장을 쓰면서 오자도 많이 냅니다. 문장을 서둘러 끝맺으려다 보니 앞뒤 글자의 철자가 뒤엉켜버리곤 해요. 단 한 사람을 향한 메시지를 글자에 꾹꾹 눌러 담는 일이 매번 어색하고 민망합니다. 편지 쓰기 미션을 받고 고민이 클 수밖에 없었어요. 결국 이 편지가 결코 전해지지 않을 대상을 향해 펜을 들었습니다. 선생님께서는 고인이시며 또한 존재하지 않는 분이십니다.

저는 에세이를 씁니다. 구달이라는 필명으로 활동하고 있어요. 이 두 문장, 일곱 어절을 적기까지 단어를 몇 번이나 고쳤는지 모릅니다. 국어사전을 찾아보니 '활동하다'는 '몸을 움직여 행동하다' 또는 '어떤 일의 성과를 거두기 위하여 힘쓰다'라는 뜻으로 쓰인답니다. 직업이라고 부를 만큼 충분한 소득은 올리지 못하면서 수년째 지속하고 있는 일을 표현하는 동사로 안성맞춤이지요. 생계는 양말 가게 점원으로 근무하며 해결하고 있습니다. 일주일에 사흘 일하고 한 달을 빠듯하게 넘길 만큼의 생활비를 벌어요. 판매직과 글쓰기를 병행한 지 어느덧 2년이 넘어갑니다. 그사이 책 한 권을 썼고, 몇몇 매체에 짧은 글을 기고하거나 책에서 파생한 이런저런 행사에 참여하며 푼푼이 생계에 보탰습니다. 선생님께서는 온갖 쪽글을 마다하지 않으시며 평생 수필을 써서 자식 넷을 키우셨지요. 투잡을 뛰는 햇병아리 작가는 그저 놀라울 뿐입니다. 푼푼이, 그마저 들쭉날쭉 입금되는 인세와 고료를 기반으로 어떻게 생활을 꾸릴 수 있으셨습니까?

초면에 대뜸 돈 이야기부터 꺼냈네요. 부디 불쾌하게

받아들이지는 말아주세요. 들숨에 보험료 날숨에 청약저축을 고민하며 살다 보니 그렇습니다. 에세이 작가로서 경제적 자립을 이뤄내는 일이 이번 생에 과연 가능할까 싶은 회의감이 갈수록 짙어집니다. 제 방 책장에는 책이 1,000권 정도 꽂혀 있어요. 책등을 훑으며 국내에서 활동 중인 전업 여성 에세이스트를 꼽는 데는 열 손가락이면 충분할 겁니다. 이분들은 저의 용기이자 한숨이에요. 어느 날은 자신의 삶을 글자로 세상에 고정시켜버린 여성의 계보를 잇고 싶다는 욕망이 활활 타오릅니다. 하지만 이분들처럼 정교한 필력과 단단한 개성은 물론 불굴의 성실성까지 갖추고 10년은 버텨야 글 써서 먹고사는 길이 열린다는 데에 생각이 미치면…. 하긴 이쪽 분야뿐일까요. 요즘에는 다들 자기 몸을 갈아 넣어 일자리를 보전하고 영혼까지 끌어모아 미래에 투자한답니다.

글 쪽은 썩 잘 풀리고 있지 않지만, 양말 가게에서 일하는 사흘은 꽤 괜찮습니다. 일단 매달 고정 수입을 벌어들일 일터가 있다는 사실이 제 불안을 잠재워주거든요. 가끔 즐거운 경험을 하기도 해요. 양말 가게에 제가 쓴 책이 진열되어 있습니다. 『아무튼, 양말』이라는 에세이예요. 바로 이 책을 쓴 인연으로 양말 판매직에 스카우트된 것이지요. 가끔 책을 집어 들어 유심히 살피는 손님들이 있어요. 속으로는 '사라 사, 사라 사' 주문을 외우지만 겉으로는 무심히 반대쪽 선반 양말에 붙은 먼지를 텁니다. 김칫국은 금물이에요. 본문을 몇 쪽 훑고는 코웃음 치며 책을 도로 내려놓는 손님도 있고, 진지하게 혹시 이 표지 그림에 있는 줄무늬 양말하고 똑같은 디자인의 제품을 살 수 있느냐고 묻는 손님도 있으니까요. 손님이 책을 계산대에 올리면 그제야 광대를 씰룩이며 이야기해요. 이 책을 쓴 사람이 나라고, 재미있게 읽어주길 바란다고요. 대부분 화들짝 놀랍니다. 작가가 왜 계산대에서 나와…? 요즘 유행하는 표현을 빌리면 대략 이런 느낌일 테죠. 제 입장에서는 그분들이 신기합니다. 양말을 사러 와서 책을 충동구매하다니. 책값 9,900원에 100원만 더 보태면 늑대가 그려진 근사한 양말을 한 켤레 살 수도 있는데 말이에요. 물론 이런 손님이 흔치는 않아요. 많아야 한 달에 한 번이지요. 그런데 고작 이 한 달에 한 번뿐인 경험이, 내 책에 누군가 관심을 기울이고 읽어봐야겠다 마음먹는 모습을 바라보는 찰나가, 비루했던 제 마음을 해사하게 만들어줘요. 어떤 구원은 작지만 확실한 온기를 머금고 일상의 틈으로 스며듭니다.

다 포기하고 싶어질 때 선생님을 일으켜 세운 구원은 무엇이었나요? "어떤 날은 바람 한 줄기만 불어도 태어나길 잘했다 싶고, 어떤 날은 묵은 괴로움 때문에 차라리 태어나지 않았더라면 싶습니다"(『시선으로부터,』 280쪽)라고 칠십대에 쓰셨지요. 처음 이 문장을 읽고는 삶보다 죽음에 더 가까워진 나이에도 태어나지 않기를 원할 만큼의 괴로움이 세상에 존재하는구나 싶어 마음이 아팠어요. 지금은 다른 것에 대해 생각하고 있습니다. 선생님의 인생에 바람 한 줄기와 같은 사소한 구원이 문득 불어오곤 했다는 사실을요. 조금 다른 이야기인데, 얼마 전에 읽은 『가장 사소한 구원』이라는 책에서 공저자인 칠십대 노교수는 아기를 낳고 기른 경험이 자신을 구원했다고 썼답니다. 평소였다면 이 대목에서 눈살을 찌푸리고 책을 덮어버렸을 거예요. 그분은 남성인데 그가 말을 건네는 대상은 삼십대 비혼 여성 작가였거든요. 여성에게 안전하고 신속한 임신 중단을 허용하지 않는 나라에 살면서, 여성의 경력 단절 사유 1위가 임신·출산인 사회에서 일하면서, 임신 당사자가 아닌 사람이 아기가 구원이니 미래니 운운하는 말을 어떻게 곱게 받아들일 수 있겠습니까.

몇 해 전 여름이 생각납니다. 갓난아기의 가냘픈 울음소리가 문틈으로 새어 들었던 여름밤요. 5월에 조카가 태어났어요. 당시 여러 사정이 겹치면서 한 달이 채 되지 않은 아기와 언니가 집으로 오게 되었습니다. 아침에 부모님과 남동생이 출근을 하면, 언니와 제가 단둘이(반려견 빌보도 함께요) 집에 남아서 아이를 보살폈어요. 당시 저는 제 방 책상을 일터 삼아 외주 편집 일로 밥벌이를 하고 있었거든요. 밤에는 에세이 원고를 썼고요. 물론 육아는 언니가 도맡았지요. 저야 보조 역할로 물을 끓이고, 분유를 타고, 간단한 빨래와 젖병 소독 같은 자잘한 일을 돕는 정도였어요. 조카는 두 시간 간격으로 분유 120밀리리터를 먹었어요. 지금은 꼴깍꼴깍 두 모금이면 해치울 양인데 당시에는 30분이나 걸렸답니다. 다 먹으면 언니가 등을 토닥토닥 두드려 소화를 시킨 다음 재웠어요. 고 조그만 아기도 제 몸에 편한 게 뭔지를 귀신같이 알아차리는지, 꼭 시디즈 의자에 앉아서 분유를 먹이고 토닥여줘야 소화를 잘 시키고 잠도 잘 자는 거예요. 귀여우면서 당황스러웠습니다. 제 책상 의자였거든요.

아기와 함께 지낸 건 짧은 시간이었어요. 하루하루 쑥쑥 자라는 조카를 보면서 웃을 일이 많았던 나날입니다. 하지만 불쑥불쑥 이런 의문이 드는 건 어쩔 수 없었어요. 내가 왜 당연하다는 듯이 육아를 돕고 있지? 조카가 집에 머무는 동안 남동생은 휴가를 내지 않았어요. 아무도 요구하지 않았지요. 밤이면 가족들 모두 조용히 움직였습니다. 새벽에 출근하는 아빠가 잠을 설치지 않도록 말이에요. 그리고 아기 침대는 제 방 문 앞에 있었습니다. 방은 내 일터이기도 한데 다들 그 사실은 까먹은 것만 같았어요. 저조차도 말이에요. 저녁에 부랴부랴 외주 일감을 해치우고 자정 넘어 원고를 쓰기 위해 노트북을 켜면 문틈으로 조카가 뒤척이는 소리와 옹알대는 잠투정이 들려왔습니다. 하지만 아기 침대 위치를 바꾸면 어떻겠느냐고 말하지 않았어요. 낮에는 공유 오피스라도 가서 일하면 어떨까, 생각만 하고 실행에 옮기지 않았어요. 곰곰이 곱씹으면 이상한 일입니다. 그 누구도 아닌 바로 내가 나의 일을 내팽개친 것이니 말입니다.

　이야기가 옆길로 샜네요. 다시 『가장 사소한 구원』으로 돌아와서, 저의 사적인 경험과 문제의식에도 불구하고 노교수의 글을 끝까지 읽은 이유는 그것이 '답장'이었기 때문입니다. 『가장 사소한 구원』은 삽십대 여성 작가와 칠십대 노교수가 주고받은 서른두 통의 편지를 엮은 책이에요. 앞서 말한 답장은 스물네 번째 편지고요. 그분은 알고 있었어요. 삶이 팍팍하다고 호소하는 삽십대 청년에게 아이를 낳고 기르는 경험을 해보길 바란다고 써서 편지를 부치면 자기를 "말도 안 되는 소리를 지껄이는 정신 나간 늙은이"179쪽라 생각할 게 분명하다는 사실을요. 그럼에도 불구하고 기어이 그 말도 안 되는 소리를 편지에 꾹꾹 눌러 적는 어른의 손을 상상해봅니다. 거칠고 쪼글쪼글할 테지요. 손등의 주름만큼이나 빼곡한 삶의 경험과 깨달음이 다음 세대로 이어지지 않을 수 있다는 걸 알고 있어요. 그런데도 쓸 수밖에 없는 겁니다. 순전히 제 머릿속 상상에 불과하지만, 그런 어른을 생각하는 것만으로 어쩐지 조금 울컥한 마음이 듭니다. 제가 귀를 틀어막아도 부지런히 여주 달인 물이 여자 몸에 좋다거나 너도 아이를 낳아보면 이 마음을 이해할 수 있을 거라 말하는 엄마의 목소리가 겹쳐지는 듯도 해요.

선생님은 문화계 명사이자 스물여섯 권의 책을 쓰신 인기 작가셨지요. 당시로서는 드물게 목소리를 내는 여성이었고요. 전국 방방곡곡의 애독자들에게 많은 편지를 받으셨으리라 짐작해봅니다. 이런 질문 외람될지 모르겠지만, 혹시 답장을 쓰셨습니까? 언젠가 좋아하는 가수의 인터뷰를 읽다가 이런 질문을 마주친 적이 있어요. "단 한 번, 책 속의 세계로 뛰어들 수 있다면 어느 책을 고르겠어요?" 만약 그럴 수 있다면 저는 선생님이 존재하는 소설 속으로 뛰어들고 싶습니다. 선생님에게 팬레터를 쓰고, 답장을 받는 성덕이 되는 것을 목표로 삼겠어요. 그러려면 우선 서간문 짓기 학원에라도 다녀야 할 것 같지만요. 선생님의 삶이 담긴 소설 『시선으로부터,』를 쓴 정세랑 소설가가 선생님과 독자가 주고받은 편지를 모은 책을 펴내주기를 바라는 편이 더 빠를 것 같기는 합니다만. 사실 답장은 주지 않으셔도 괜찮아요. 아무쪼록 제 편지를 읽는 동안 선생님에게 산뜻한 바람 한 줄기가 불어들기를 바라며, 이만 줄입니다.

추신

그거 아세요? 선생님 따님 한 분과 제 본명이 같아요. 그저 우연의 일치일 뿐이겠지만 선생님으로부터 뻗어나온 가지 끝에 제 이름이 맺혀 있다는 사실이 어쩐지 운명처럼 느껴집니다. 전업 작가로 삶을 완주한 선생님의 계보를 제가 이을 수 있을 것만 같아요.

의리 있는 여자, 야망 있는 여자, 쟁취하는 여자

『정년이』

서이레 지음, 나몬 그림, 문학동네, 2020

- -

구달의 메모

예전에 나한테 만화책『오오쿠』를 빌려줬잖아. 여성 쇼군이 에
도 막부를 다스린다는 설정의 성별 역전 시대극이었지. 이번에
는 내가 빌려주고 싶은 만화책이 있어. 낙랑공주와 춘향이는 물
론 호동왕자와 이몽룡까지 전부 여성 배우가 연기하는 여성 국
극 이야기를 다룬 시대물이야. 네이버에서 절찬 연재 중인 웹툰
이기도 하니까 얼른 단행본 읽고 최신 연재 회차를 따라잡아주
길 바랄게. 만화만큼 재미난 주접대잔치 댓글도 잊지 말고 꼭꼭
챙겨 읽어주오.

구달이 쓴 편지의 수신인, 『시선으로부터,』의 심시선 여사에게서 뻗어 나온 가지 끝에는 내 이름도 맺혀 있다. '명은'과 '지수'가 이모 조카 사이로 나오는 심시선 여사네 가계도를 보며 나 또한 번역가로서의 삶을 완주할 수 있을까 생각해봤다. 구달이 소설 속 등장인물과 이름이 같다는 우연의 일치에서 운명을 느낀 것처럼, 나도 그 우연에 가느다란 희망을 걸어보고 싶다. 그런 생각을 하며 구달이 빌려준 『정년이』 1권을 펼쳤다.

　　혹시 연극계를 무대로 한 『유리가면』이라는 만화를 아시는지. 일견 평범해 보이지만 연기에 천부적인 재능을 지닌 마야와, 유명 감독과 배우 사이에서 태어나 부모의 아낌없는 서포트를 받는 연기 영재 아유미가 전설의 연극

〈홍천녀〉의 주인공 자리를 두고 대결을 벌이는 내용인데, 일본의 수많은 배우가 이 작품을 보고 연기의 길로 나아가기로 결심했다고 말할 정도의 명작이다. 여성 국극*을 소재로 한 『정년이』에도 비슷한 구도의 주인공과 라이벌이 등장한다. 평범해 보이지만 소리에 비범한 재능을 지닌 윤정년과 부유한 집안 출신의 국극 유망주 허영서. 그러나 두 작품 사이에는 결정적으로 다른 점이 있다. 바로 『정년이』에는 '보라색 장미의 사람'**이 등장하지 않는다는 것이다.

　　"노래, 춤, 연기, 무엇 하나 빠지지 않는 최고의 여성들만이 국극 무대에 오를 자격을 얻는다"[1권, 62쪽]는 여성 국극의 세계. 인간문화재 이옥천 명창의 말에 따르면 여성 국극단의 인기는 지금의 아이돌 뺨을 칠 수준으로 기마대가 팬들을 정리하고 만삭의 임산부가 기어이 공연장에 와

---

*　　국극(=창극)은 여러 명의 배우가 배역에 따라 연기하며 판소리를 부르는 공연예술. 여성 국극은 여기서 갈라져 나와 여성 배우들로만 꾸려나가는 극이다.

**　『유리가면』의 남자 주인공 하야미 마스미. 마야에게 늘 익명으로 보라색 장미를 보내며 물심양면으로 지원해준다.

서 애를 낳을 정도였다고 한다.* 『정년이』의 세계는 이런 여성 국극이 최전성기(1955년)를 맞이한 이듬해인 1956년 목포에서 시작된다.

한때 대단한 소리꾼이었으나 모종의 이유로 이제는 소리를 그만둬버린 어머니를 둔 윤정년은 시장에서 조개를 팔며, 더러는 소리를 해서 웃돈을 받으며 생계를 유지한다. 가난이 지겨운 이 소녀는 서울에 가서 국극 배우가 되어 큰돈을 벌고 싶어 하는데, 어머니가 허락해주지 않자 목포에 순회공연을 하러 온 매란국극단의 짐 트럭에 몰래 올라타 상경을 감행한다.

여기까지가 웹툰 기준 2화, 단행본 기준 1화에서 펼쳐지는 폭풍 같은 전개인데 혹시라도 이후에 정년과 여성 단원들 사이에서 일어날 배역을 둘러싼 음모와 시기, 질투와 암투, 머리채를 쥐어 잡는 캣파이트 같은 것을 기대했다면 조용히 책장을 덮거나 백스페이스를 눌러 페이지를 벗어나기를 권한다. 『정년이』에는 '보라색 장미의 사람'뿐

---

* 유튜브 〈넌 내게 반하게 될 거야 디스 이즈 여성 국극 (feat. 이옥천 쓰앵님)〉 중에서 https://www.youtube.com/watch?v=nMbJG1FlsZc

만 아니라 '여적여(여자의 적은 여자)' 프레임도 없으니까.

그럼 『정년이』에 있는 것은 무엇인가. 자신이 원하는 것을 향해 오로지 직진만 하는 여자가 있다. 라이벌과 정정당당한 승부를 펼치고 싶어 하는 여자가 있다. 미웠던 친구의 실력을 깨끗하게 인정하고 그로부터 한 수 배우고자 하는 여자가 있다. 그리고 그 여자들은 눈이 얼굴의 절반을 차지하거나 개미허리에 가슴이 수박만 하지 않다. 누구의 판타지도 반영되지 않은 보통의 체격과 외모를 가진 그들은 오로지 실력으로, 성격으로, 개성으로 매력을 뽐내며 서로가 서로를 이끌어준다.

여자가 남자 역까지 모두 연기하는 여성 국극이 그러하듯 『정년이』의 세계에서는 정년에게 결정적인 도움을 주는 인물도 여자, 정년에게 동기를 부여하는 대상도 여자, 정년을 가르치는 사람도 여자다. 의리 있는 여자, 야망 있는 여자, 쟁취하는 여자 들로 바글바글한 이 세계가 신선하게 느껴진다면 그것은 우리가 여태 미디어에서 그런 세상을 쉽게 접하지 못한 탓이 아닐까.

만화책에 한정해 생각해보자. 내가 어린 시절 섭렵

해온 만화책에서는 의리, 우정, 야망, 도전, 모험, 강인함, 용맹함과 같은 단어들이 대개 남자의 전유물이었다. 그 세계에서 여성은 대체로 남자들이 쟁취하거나 보호해야 할 대상으로 등장하곤 했다. 『바람의 검심』에서 카미야 카오루(여주인공)가 제아무리 날고뛰는 검술가라 해도 켄신(남주인공)이나 여타 남성 빌런들에게는 한주먹 거리도 안 되는(도리어 인질로 이용되는) 것을 떠올려보라. 심지어 카오루의 검술 제자인 열 살짜리 소년 묘진 야히코가 빌런들을 더 자주 상대한다!

의리와 우정, 모험 하면 어떤 만화가 떠오르는가? 『원피스』와 『헌터×헌터』다. 멋진 운동선수들이 강인한 육체로 도전을 거듭하는 스포츠 만화는? 『슬램덩크』나 『테니스의 왕자』겠지. 그럼 육체 말고 뛰어난 두뇌로 승부를 보는 추리 만화는? 당연히 『소년 탐정 김전일』이나 『명탐정 코난』이다. 물론 이 모두가 남자 캐릭터가 주로 활약하는 가운데 여자 캐릭터가 조연으로만 등장하는 만화라는 점은 더 설명할 필요가 없을 것이다.

같은 키워드로 여성이 활약하는 만화를 떠올려보

면, 안타깝게도 소년, 소녀 만화를 모두 열심히 본 내 머릿속에도 떠오르는 작품이 딱히 없었다. 똑똑하고 진취적인 여성 캐릭터가 나오는 만화도 물론 많지만, 똑똑하고 진취적인 데다 사랑(남자)에 휘둘리지도 않는 캐릭터를 찾기란 여간 힘든 일이 아니다.

혹시 내가 놓친 게 있나 싶어서 '여성 스포츠 만화'로 검색해봤다. 천하의 우라사와 나오키가 그린 유도 만화 『야와라』라는 게 있어 클릭했더니 교복 입은 유도 소녀가 배대뒤치기로 상대를 제압하는 장면에서 팬티가 흘끗 보이는 컷이 나왔다. 이어지는 장면에서는 기자가 "(팬티 보이는 사진) 찍었어?"라고 옆에 있던 동료에게 물어본다. 아, 쫌, 제발요…. 참고로 '여성 모험 만화'라고 쳤더니 가장 먼저 나오는 책은 『죠죠의 기묘한 모험—다리가 죽여주는 여자』였다…(노파심에 덧붙이는데, 어떤 작품이 '소년'만화라는 점은 거기 나오는 여성 캐릭터가 도구적으로 쓰이거나 성적으로 대상화되는 것에 대한 면죄부가 될수 없으며 이는 그 반대의 경우도 마찬가지다).

내가 만화책을 가장 열심히 본 시기는 1990–2000년

대였고, 앞에서 예로 든 것도 이제는 고전이 되어버린 작품들이다. 그러므로 이 작품들이 요즘 시대에 다시 그려진다면 또 다른 결을 가지리라는 것을 잘 안다. 하지만 설령 그렇다 해도 그 시절 나와 나의 친구들이 남자들로 바글바글한, 남자들만 활약하는 그 세계를 별다른 의심 없이 받아들였다는 사실은 변하지 않는다.

나는 지금 와서야 그때 내가 그 세계를 부수는 데 힘을 보태기는커녕 오히려 즐겨왔다는 것을 부끄럽게 여긴다. 이제 나는 몇 년 전 『배가본드』(수지랑 이승기 나오는 드라마 말고 『슬램덩크』 작가가 그린 무협물)를 가리키며 여성 독자는 누구에게 감정이입을 하면 되냐고 묻는 친구를 의아하게 바라봤던 것이 창피하다. 남자들의 활극에 '예쁜' 여자가 고명처럼 얹혀 있는 이야기를 더는 보고 싶지 않다. 자신의 욕망을 드러낼 줄 모르는 청순가련한 여주인공을 롤 모델로 삼고 싶지 않다. '농구부의 매니저 역'이나 '주인공의 추리를 도와주는 조력자 겸 애인' 역에 더는 감정이입을 할 수 없기 때문이다. 욕망의 대상이 되는 것보다 욕망의 주체가 되는 쪽이 더 좋다는 사실을 이제는 알기 때문이다.

　다행히 현실의 인식 변화를 반영해 미디어 속 세상도 조금씩 달라지고 있다. 2004년 작 〈미안하다 사랑한다〉에서 사랑하는 사람을 위해 희생만 하던 임수정은 2019년 작 〈검색어를 입력하세요 WWW〉에서 "내가 욕망에 눈이 멀면 안 돼? 뭐, 부모님 원수를 갚거나 전남편에게 복수하거나 뭐 그런 이유 기대한 거야? 내 욕망엔 계기가 없어. 내 욕망은 내가 만드는 거야"라는 사이다 대사를 날리며 내 가슴을 뻥 뚫어줬다. 마블 시네마틱 유니버스에는 캡틴 마블이라는 기존의 남성 히어로들보다 더 센 여성 히어로가 등장했고, 그녀는 얼마나 자신이 성장했는지 증명해보라고 도발하는 과거의 상관 욘—로그에게 "난 너한테 증명할 게 없어(네 인정이나 승인은 필요 없어)"라고 말하며 한 방에 그를 때려눕힌다. 그러므로 이 시대의 소녀들은 "부모님 원수를 갚거나 전남편에게 복수하거나"라는 이유 따위 필요 없이 여성이 그냥 욕망해도 된다는 것을 배타미(임수정의 작중 이름)를 보고 배울 것이다. 다리나 가슴을 강조하지 않는 캡틴 마블의 코스

튬을 주저 없이 입으며 영웅의 애인 말고 영웅이 되기를 꿈꿀 것이다.

다시 『유리가면』으로 이야기를 되돌려보자. 1976년에 연재를 시작한 이 작품은 2021년 현재까지도 완결이 안 되었건만 한국에서는 1992년에 3권으로 완결되는 소설판(해적판)*이 나왔다는 사실을 아시는지. 일본색을 걷어내기 위해 작중 배경을 프랑스로 바꿔 출간한 이 해적판에는 원작에 당연히 없는 날조된 결말이 있다.

마야가 마스미와 약혼 발표를 하자 격분한 츠키카게**는 〈홍천녀〉의 상영권을 아유미에게 물려줘버린다. 그러자 마스미의 아버지는 깜짝 발표를 한다. 마스미가 사실 〈홍천녀〉 원작자의 아들인데, 가문의 후계자 자리를 포기하고 그쪽 호적을 되찾으면 상영권을 가질 수 있다는 것이다. 그리하여 마스미는 어마어마한 재산과 후계

---

* 여기서는 등장인물의 이름이 마야는 마야 보와이에, 아유미는 조앙 리프만, 마사미는 샤를르 클레망 등으로 바뀌어 있다. 일본색을 빼는 데 심혈을 기울였던 듯하지만 프랑스인 마야 보와이에가 어째서 바게트나 뵈프 부르기뇽이 아닌 카레우동을 먹는 것인지는 아직도 알 길이 없다.

** 마야의 스승이자 〈홍천녀〉의 상영권을 가지고 있는 전설의 대배우. 과거의 악연 때문에 마스미를 미워한다.

자 자리를 포기하고 〈홍천녀〉의 상영권을 되찾아 마야에게 준다.

다시 떠올려봐도 소름 끼치게 구린 결말이다. 이 책을 읽을 당시 초등학생이었던 나도 이 결말이 어처구니없다는 점은 알고 있었다. 마야와 아유미의 피나는 노력과는 상관없이 남주 때문에 빼앗기고 남주 덕분에 되찾는 꿈(상영권)이라니? 막장도 이런 막장이 없다. 아무리 날조했다 해도 그렇지, 이런 결말을 독자가 납득하리라고 생각한 걸까? 그럴 바에야 차라리 보라색 장미의 사람은 없는 게 낫다. 마야와 아유미의 정정당당한 대결에 로맨스 같은 걸 끼얹지 말아달라!

할 수만 있다면 소설판 『유리가면』의 결말에 격분하던 그때의 초등학생에게 무전을 쳐서, 조금만(한 30년…?) 기다리면 보라색 장미의 사람이 없어도 충분히 재밌는 만화를 보게 될 거라고 말해주고 싶다. 오직 자신의 힘으로 원하는 것을 쟁취해내는, 청순·가련·섹시·큐티와 같은 납작한 단어로 정의할 수 없는 여성 캐릭터로 가득한 『정년이』라는 작품에서 너는 아무나 하나를 골라잡아도 롤 모델로 삼을 수 있을 거라고 말해주고 싶다. 세상은 분명한 흐름으로, 거스를 수 없는 기세로 변할 거라고 말해주고 싶다.

**본문 어딘가에 슬쩍 끼워 넣고 싶었으나
도저히 맞는 자리를 찾지 못해 따로 쓰는,
내가 뽑은 『정년이』 베스트 댓글**

1위

와ㅠ 여러분 정년이 구슬아기 역 맡자마자 목소리 바뀌는 거 대박
아닙니까…?ㅠㅠ 누가 들어도 구슬아기…ㅠㅠ ㅡ밍윙(smam****)
/ 76화

정년이 〈자명고〉라는 작품에서 갑자기 쓰러진 친구 대신 배역을
맡아 무대에 오른 장면에 달린 댓글. 이 댓글을 보고 진짜 소리
가 들렸나 해서 스크롤을 위로 올려봤다(『정년이』에는 유독 소리
가 들렸다는 댓글이 많다). 미야자키 하야오는 바람을 그리고 신
카이 마코토는 빛을 그린다는데, 우리 『정년이』 작가님들은 소리
를 그린다!

2위

여기서 쿠키는 강정이나 유과라고 하는 거 어때요??—융어
(qkrd****) / 5화

만화의 배경에 맞춰 쿠키(네이버 웹툰 유료 결제 수단)를 전통
과자 이름으로 바꿔 부르자는 제안이다. 이 댓글이 등장한 이
후 팬들은 "강정을 구워 왔다"는 식의 댓글을 달며 자신이 최신
화를 유료 결제했음을 어필하기 시작했다("나가 정년이 니 땜에
첨으로 강정을 구워부럿으야. 급나게 달콤한 이긋이 자본주으
으 참맛이구만이라."—서주원(mbsh****) / 6화. "강정 맛이 정
말 짭쪼롬하고 기가 맥힘니더… 아… 제 눈물 맛이군요."—허학
(heoh****) / 7화). 귀여운 사람들 같으니라고!

3위

도앵 애비 상평통보 100년 압수—영덕대게 (toki****) / 45화

백도앵(정년의 극단 선배)의 아버지가 백도앵에게 "족보 있
는 양반이, 어떻게 남들 앞에서 노래하는 그딴 삼류 기생 놀음

을…"이라고 말하는 장면에 달린 댓글. 이 댓글 아래로 "도앵 애비 양반 족보 200년 압수" "도앵 애비 사서삼경 300년 압수" "도앵 애비 망건 400년 압수"라는 댓글이 줄줄이 이어지는 장관이 연출됐다.

개와 인간의 시간,
개와 인간의 대화

『노견일기』

정우열 지음, 동그람이, 2019 — 2021

지수의 메모

인스타그램에서 산책하는 빌보 사진 볼 때마다 어찌나 행복해
보이는지. 분명 빌보가 말을 할 수 있다면 "걷는 거 좋아! 이 길
좋아! 산책 좋아!"라고 외치겠지. 이 책에서 정우열 작가는 반
려견 풋코에게 매일 말을 걸면서 풋코의 속마음을 짐작해보잖
아? 빌보 언니인 너도 아마 그러지 않을까 싶은데, 고양이 가족
이라 개의 마음을 영 모르는 나에게도 그 대화를 들려주지 않겠
어? 털 친구들의 귀여움은 나눌수록 커지니까.

2019년 겨울, 미국 캘리포니아대학교 샌디에이고 생물학 연구팀은 전 세계 견공 집사들을 기절초풍하게 만든 나이 환산 공식을 발표했다. 시간에 따른 DNA의 변화를 토대로 개 나이를 사람 나이로 정교하게 환산하는 새로운 계산법이었다. DNA 분석 결과 개는 래브라도레트리버 기준 한 살이면 사람 나이로 31세, 두 살이면 42세에 맞먹을 정도로 급격히 노화하는 것으로 밝혀졌다. 16×LN(개 나이의 자연로그 값)+31=사람 나이. 새끼손가락보다도 짧은 공식 하나가 기존 공식(개 나이×7=사람 나이)으로는 7세, 14세였던 똥강아지들을 하루아침에 3040세대로 둔갑시킨 것이다. 뉴스 기사를 읽고 어이가 없었던 기억이 난다. 새 공식은 최신 과학의 이름으로 당시 네 살배기였던 빌보가 사람 나이로 53.2세라고 선언했다. 받아들일 수 없었다. 오십대라니? 맨몸으로 북악스카이웨이를 넘나들고, 길바닥에서 주워 문 플라스틱 조각도 잘근잘근 씹어 삼켜 소화해내는 우리 개가? 흥, 말이 되는 소리를 해야지. 생물학만 알고 개는 모르는 사람들이 상아탑에 틀어박혀 연구했나 보다고 속으로 마구 깎아내렸다. 고작 4년을 살았을 뿐인 나의 어린 개를 인생 후반기에 접어들게 만들다니. 괘씸하고 야속했다.

하지만 이내 나는 이 새로운 계산법을 신봉하게 된다. 개가 생애 초기에 급격히 노화한다는 내용은 불쾌했지만, 4세 이후로는 노화 곡선이 완만해진다는 점은 마음에 들었다. 앞으로의 시간은 천천히 흐른다는 의미였으니까. 게다가 찜질 매트만 켜면 귀신같이 나타나 허리를 지지려드는 빌보의 모습에서 부정할 수 없는 중년의 향기가 났다. 눈에 자꾸 눈곱이 꼈고, 온 동네 견공 보호자들이 선망의 눈길로 바라보곤 했던 늘씬한 배에는 크림빵이 철썩 달라붙었다. 결정적으로 입 주변 털이 하얗게 세고 있었다. 빌보는 검은색과 은색이 뒤섞인 독특한 털옷을 입고 태어났다. 약간 새치 염색을 하지 않은 어르신의 희끗희끗한 머리카락과 비슷한 느낌이어서, 꼬꼬마 시절부터 노견으로 오해받기 일쑤였다. 검은색과 은색이 만드는 얼룩은 털 갈이를 반복하며 해마다 무늬를 바꿔나갔다. 하지만 입 주변 털만은 쭉 짙은 갈색이었고 단 한 번도 은색 털이 섞여 난 적이 없다. 그러니 결론은…. 개도 늙는다는 걸 알고는 있었지만 고작 네 살 무렵부터 흰 털이 턱밑을 점령할 줄이야.

여기까지 읽은 지수가 허허 너털웃음을 지으며 이렇게 말할 것만 같다. 노화의 니은도 모르는 풋내기로구나. 지수네 첫째 고양이 조르바는 올해(2021년) 열아홉 살이다. 하지만 지수가 SNS로 공유하는 사진만 봐서는 조르바의 연배를 좀체 가늠하기 어렵다. 아기 재질의 연분홍색 코, 흡사 귀족 영애의 그것처럼 보이는 하얗고 통통한 앞발은 가끔 둘째인 노바(6세)를 형처럼 보이게 만들 정도로 강력히 귀엽다. 그런가 하면 길고 흰 수염을 휘날리며 정면을 응시하는 모습은 천년을 산 신묘한 신령님 같기도 하다. 조르바의 실물을 직접 보고 관찰할 기회가 있었다면 좋았을 텐데. 그럴 기회가 8년 전쯤에 있었다. 처음으로 지수 집에 놀러간 날이자, 난생처음 고양이가 사는 집에 방문한 날이었다. 함께 택시를 타고 가는 동안 내가 고양이랑 친해지고 싶다며 어지간히 호들갑을 떨었던 모양이다. 도착하자마자 지수는 웰컴 드링크 대신 갈아입을 옷부터 건넸다. 속히 환복하지 않으면 내 옷이 앙고라스웨터가 될 거라면서. 집사의 체취가 밴 옷을 입고 있으면 고양이들이 경계심을 덜 품을 거라고도 했다. 지수의 옷을 빌린 덕분인지 디(조르바의 형제 고양이. 지금은 고양이별에 산다)는 기꺼이 나를 손님으로 맞아주었지만 조르바는 소파 밑에 웅크린 채로 끝끝내 모습을 드러내지 않았다. 바닥에 바짝 엎드려서 소파 아래로 인사를 건넸을 때 빛나는 눈동자와 짧게 눈을 맞추기는 했다. 두 눈은 이렇게 말하고 있었다. 그깟 얕은꾀에 이 몸이 속을쏘냐.

이후로도 2년에 한 번꼴로 지수 집에 방문했지만 스치듯 사라지는 회색 너구리의 잔상 정도를 목격했을 뿐이다. 첫 만남 때 환복까지 한 김에 조금 더 과감하게 대시할 걸 그랬다. 2년마다 참치 캔을 양손 가득 사 들고 찾아가는 정성이라도 보였다면 지금은 인사쯤은 나누는 사이가 되었을까. 고양이와 친분을 쌓는 게 인간의 의지만으로 가능한 일인지는 잘 모르겠지만 말이다.

이제 와서 오래된 기억을 들추며 아쉬워하는 이유는 '속마음 말풍선'을 잔뜩 읽어버린 탓.『노견일기』1권에서 정우열 작가는 풋코와 산책 길에 겪은 에피소드를 그렸다. "엄청 건강하구나? 그렇죠?" 길에서 만난 행인이 풋코가 전혀 열다섯 살로 안 보인다며 이렇게 묻자, 만화 속 정우열의 머리 위로 속마음 말풍선이 팟팟팟 떠오른다.

'양쪽 고막이 거의 녹아 없어졌고….' '지금 제일 중요한 건 운동 제한이거든요.' '백내장도 좀 있는데… 나이가 있으니 수술하긴 좀 그렇고.'

풋코를 진찰한 수의사들의 입에서 나와 그의 마음을 어지럽혔을 말들을 순간적으로 복기한 끝에 작가는 대답한다. "네ㅎㅎ 건강한 편이에요." 1권, 108-110쪽 노견 보호자들이 선택하는 '편'이라는 단어에 얼마나 많은 사연이 숨어 있는지를 생각하니 가슴이 덜컹했다. 상대가 자신의 개를 잘 모르는 경우라면 생략하는 말이 더 많을 터였다. 내가 가볍게 조르바의 안부를 물을 때마다 지수 역시 머릿속에 떠오른 말풍선 가운데 몇 개는 지우고 또 지웠을 것이다.

『노견일기』를 마저 읽었다. 울지 않을 수 없었다. 여름옷을 정리해 상자에 넣으며 풋코에게 옷에 붙은 털을 떼도 되겠냐고 묻는 에피소드에는 눈물콧물 쏙 뺐다. "혹시 이게 마지막 털이면 안 떼고 영영 붙이고 다닐까 하고."2권. 63쪽 아 울면 안 되는데. 이건 '노견 농담'인데. 한 손에 돌돌이를 쥔 정우열의 얼굴 옆에는 커다란 키읔이 두 개 붙어 있었건만 나는 빌보 털을 색깔별로 좀 모아둬야겠다 결심하고 말았다. 또 다른 농담에는 웃지 않을 수 없었다. 아니 글쎄, 풋코에게 묘비명으로 "평생을 떵떵거리거나 찡찡거리며 살다 간 개"2권. 21쪽를 추천했다. 빌보에게도 찰떡같이 어울리는 한 줄이어서 나중에 작가님에게 허락을 구하고 인용해야 하나 고민하다가 너무 멀리 가버린 상상의 나래를 얼른 회수했다. 묘비명을 지어야 하는 순간은 4,000년 뒤쯤에나 올 테고, 그즈음이면 내가 구사하는 노견 농담도 꽤나 무르익을 테니 벌써부터 고민할 필요는 없다. 울다 웃기를 반복하며 침대 옆에 쌓아둔 만화책 네 권을 다 읽었다. 몇 년 전에 강아지별로 떠난 소리가 종종 등장해서 좋았다. 만화 속 대사처럼, 죽은 개도 인생의 일부라는 사실을 확인한 것 같아 슬프면서도 기뻤달까. 단편적인 에피소드 하나하나마다 풋코와 소리의 시간들이 촘촘히 쌓여 있었다. 그리고 어느새 내 가랑이 사이에는 검은색과 은색이 뒤섞인 통통한 털 뭉치가 파고들어 단잠에 빠져 있었다.

+

빌보, 작년에 건강검진 받은 거 기억 나? 네가 동물병원 반경 400미터 안으로는 발길을 딱 끊어서 놀러 가는 척 차에 태워 데려갔었잖아. 내 무릎 위에 앉아서 조수석 창밖으로 얼굴 쑥 내밀고 드라이브를 즐기다가 동물병원 앞에 멈추자마자 온몸을 벌벌 떨며 운전석으로 도망쳐버렸지. 바보 아가씨야, 운전자도 공범인데. 하긴 네가 싫어할 만도 하지. 그곳에서 중성화 수술을 받았고, 생살을 세 번이나 꿰맨 데다 그 힘들다는 귓병 치료까지 했으니까. 어디 그뿐인가. 몇 달에 한 번씩 구충제를 억지로 삼키고 예방접종 주사를 맞아야 하지. 너를 괴롭히려는 게 아니라 지키려는 거라고 설명할 방법이 있으면 좋을 텐데.

개는 대여섯 살쯤 건강검진을 해두면 좋대. 보통 대여섯 살을 기점으로 신체 기능이 떨어지기 시작하니까, 이때 재둔 수치를 지표 삼아 이후의 건강을 관리할 수 있는 거지. 그래서 검진 결과를 들으러 가던 날 기분이 이상했어. 이날 보게 될 숫자들이 네가 가장 튼튼할 때의 기록일 테니까. 물론 너는 굉장한 개라서 해가 갈수록 더 튼튼해질 가능성도 다분하지만. 다행히 모든 검사 결과가 좋았지. 걱정했던 관절과 디스크도 괜찮았어. 근육이라 믿었던 살들이 몽땅 지방으로 밝혀졌을 때는 민망했지만. "대형견의 심장을 가졌네요." 수의사 선생님이 엑스레이를 가리키며 하신 말씀이었지. 순간 가슴이 철렁했어. 대형견이 소형견보다 평균수명이 짧다는 말을 들은 적이 있거든. 그날 밤에 내가 알고 있는 몸집 큰 네발 친구들을 하나하나 떠올리며 사과했어. 어떻게 내가 그 찰나에 너희들과 우리 개의 수명을 견주었는지 모르겠다고. 정말 미안하다고. 해가 갈수록 이기적인 사람이 되어가는 것만 같아. 나는 너만 사랑하지.

우리 동네에 보호자들이 자율 산책을 하라며 풀어놓는 개가 몇몇 있었잖아. 다들 정신 차렸는지 범칙금이 무서운 건지 요즘은 안 그러지만. 이사 초기에는 그런 개를 마주치면 뒤따라가곤 했어. 혹시 길을 잃었나 싶었거든. 한 마리는 카센터 개였고, 다른 한 마리는 약국집 개, 또 한 마리는 마당 넓은 주택에 사는 개였지. 그런데 네가 목줄이 풀린 채 돌아다니던 옆집 개에게 물려서 크게 다친 이후로는 모든 게 다 무서워졌어. 기억할지 모르겠다. 네가 다친 해 겨울이었어. 밤에 산책하는데 길 끄트머리에서 웬 개가 목줄 없이 걸어오는 모습을 봤어. 너를 낚아채듯 끌어안고 죽자 사자 반대 방향으로 뛰었지. 그 개가 너를 물어 죽일 것 같았거든. 정작 위태로운 상황에 처한 건 그 개였을지도 모르는데. 보호자가 뒤따라오고 있는지 확인했어야 했고 만약 없다면 길 잃은 개는 아닌지 상태를 살폈어야 했는데. 이날 일은 지금껏 아무한테도 말한 적 없어. 떠올릴 때마다 내 마음이 너무 끔찍해지는 거야.

…내 얘기 재미없니? 자니? 그럼 다른 이야기를 해

볼게. 『노견일기』에서 본 건데. 올해 열여덟 살이 된 풋코라는 개가 정우열이라는 보호자랑 제주도에 살고 있어. 풋코는 마당으로 난 창문을 활짝 열고 바람 쐬는 걸 좋아하는 모양이야. 벌레가 들어온다고 사정해도 방충망까지 활짝 다 열어달라고 요구한대. 알지, 개를 이길 사람은 없지. 결국 집 안으로 벌이 들어왔고 풋코 보호자는 종이며 상자를 이용해서 겨우 벌을 밖으로 내보내는 데 성공해. 그러고는 이런 걱정을 하는 거야. 벌은 살려줬는데, 다른 벌레가 들어오면 어떡하나("파리랑 나방이랑 곱둥이는?"). 고민은 거기서 멈추지 않아. 개랑 고양이는 예뻐하는데, 소랑 돼지랑 닭이랑 다른 애들은? 풋코는 대답이 없지. 원래 개와 인간의 대화에서는 인간이 자문자답 담당이잖아. "어렵다, 그치?" 풋코는 역시 묵묵부답이야. "어어, 그래 뭐. 어려워도 하는 데까진 해보자고."「노견일기」3권, 215-217쪽 풋코 보호자가 내뱉은 마지막 독백이 유독 마음 깊이 남았어. 나도 그런 사람이 되고 싶어졌어. 개를 위해 창문을 활짝 열었다면, 어려워도 하는 데까진 최대한 벌레를 살려서 내보내려는 사람이. 그럴 수 있을까?

분별 있는 보호자로서 나는 이 모든 대화를 묵음으로 처리했다. 딱히 중요하지도 않은 말을 주저리주저리 건네서 단잠에 빠진 개를 방해하면 안 된다. 그랬다가는 벌떡 일어나 뒤도 안 돌아보고 거실로 나가버리는 차가운 개의 뒷모습을 목격하게 된다. 천천히 조심스럽게 다리를 틀어 빼낸 다음 빌보 등 언저리에 웅크리고 누웠다. 왼팔만 빌보 등에 살짝 댄 채로. 빌보는 딱 이 정도 스킨십을 좋아한다.

인간이 왼팔을 개의 등에 붙인 자세로 할 수 있는 일은 그리 많지 않다. 휴대전화를 열어 SNS에 접속했다. 지수 계정에 새 동영상이 올라왔다. 조르바와 노바가 나란히 소파 아래 누워서 뜨신 바닥에 몸을 지지고 있다. 소파가 스크래치 자국으로 너덜너덜한 게 눈에 띄어서 웃음이 났다. 빌보 송곳니에 갈기갈기 찢긴 우리 집 거실 벽지와 리빙 포인트가 같군. 삼평동 고양이 두 마리와 성북동 개 한 마리의 시간이 뜨끈하고 평온하게 흐르고 있다. "시간은 존재하지 않는다. 또는 오직 순간으로 나열될 뿐이다." 톨스토이가 남겼다는 말이 문득 머리를 스쳤다. 가만히 눈을 감고 잠을 청했다. 네발 친구들과 사람 친구들의 속마음이 각자의 머리 옆에 말풍선으로 따라붙는 만화 같은 꿈을 꾸고 싶었다.

고양이는 고양이이기 때문에

『고양이는 예술이다』

데즈먼드 모리스 지음, 이한음 옮김, 은행나무, 2018

구달의 메모

나는 어쩔 수 없는 '개파'인가 봐. 고양이를 찬미하는 글을 읽을
때조차 고양이란 단어에 개를 대입해버리니 말이야. '고양이파'
인 지수의 눈을 빌려 내 안의 견공중심주의를 물리치고 싶은 욕
심으로 이 책을 보내. 함께 사는 고양이 친구들이 예술이라고
느꼈던 순간들을 소개해주면 많은 도움이 될 듯♡

지수
‒‒‒‒‒‒‒

편집자 친구의 유튜브 방송에 나갔다. 친구가 우리 집에
와서 영상을 찍었는데, 야심찬 기획과 공들인 편집에도 불
구하고 이런 댓글을 받아버렸다. "정말… 이 고영희(고양
이)가 나타나는 순간부터 아무것도 안 들려요. 죄송해요."
영상을 다시 보니 언제부터인지 우리 뒤편의 책장에서 노
바가 찐빵 같은 얼굴로 졸고 있었다. 편집자와 번역가가
나누는 책에 관한 대화란 고양이의 미친 존재감 앞에서는
한낱 ASMR에 불과했던 것인가.

　　우리 집에는 고양이가 두 마리 있다. 터키시 앙고라
아빠, 시베리안 엄마 사이에서 태어난 조르바(19세)와 길
냥이 출신이라 정확한 정보는 없지만 아메리칸 쇼트헤어
와 벵갈 고양이의 믹스로 추정되는 노바(얼추 5–6세)다.

노바가 우리에게 오기 전에는 르바의 형제인 디도 있었는데 5년 전 고양이별로 떠났다. 디가 신장 문제로 갑자기 죽었기에 르바에게는 신장 영양제를 악착같이 먹이고 있다. 더불어 심장약, 혈압약, 오메가3, 글리코 영양제도 매일 챙겨준다.

영양제는 해외 직구로 사는 편이 훨씬 싸서 한 번에 서너 개씩 쟁인다. 가루 타입이라 그걸 넣어 먹일 공캡슐도 500개씩 같이 산다. 캡슐 500알은 125일 치 분량인데, 나는 그것들을 주문할 때마다 르바가 이걸 다 먹을 때까지 과연 살아 있을까 생각한다. 고작 넉 달 뒤의 미래에 나는 매번 확신을 가질 수 없다. 혹시라도 약이 다 떨어지기 전에 르바가 세상을 떠나면 어쩌나 싶어 더 많이 사지는 않는다. 돈이 아까운 게 아니다. 남은 약을 볼 때마다 나를 덮칠 상실감이 무서운 것이다. 하지만 늦은 밤 빨대를 잘라 만든 소형 삽을 이용해 캡슐에 약을 넣는 작업을 하며 "이러다 르바가 우리보다 장수하겠는걸" "유하 대학 가는 것까지 볼 기세네. 십장생이야 뭐야"라는 농담을 남편과 주고받다 보면 정말로 르바가 영생을 누릴 것 같기도 하다.

우리가 그러는 동안 르바와 노바는 보일러가 돌아가는 따뜻한 방바닥에 등을 지지며 배를 드러내고 있다. 실눈을 뜨고 만족스러운 표정으로 골골거리는 게 고양이 발톱만큼의 근심도 없어 보인다. 100퍼센트 집사를 신뢰하는 무방비 상태의 고양이들. 영원히 아기 같을, 온전히 내가 책임져야 할 생명체들.

　　요즘이야 애묘인이 많아졌으니 그렇지도 않지만, 조르바와 디를 처음 데려온 13년 전만 해도 고양이를 키운다고 하면 반응은 크게 두 가지였다. "왜 개가 아니고 고양이야?"(친구들) 혹은 "얼른 내다버려."(어르신들) 고양이를 사랑하지 않는 사람들을 이해하려고 노력한 적 없기에 고양이에게 쏟아지는 미움의 이유에 대해서도 딱히 생각해본 적 없다. 한데 『고양이는 예술이다』의 저자는 나와는 달리 이 사랑스러운 존재들이 어째서 그토록 오랜 세월 불길한 생명체라는 오명을 뒤집어쓰고 있었는지 퍽 궁금했던 모양이다. 그도 그럴 게, 예술 작품에 드러난 고양이의 아름다움에 감탄하는 것보다 고양이가 박해받은 역사를 설명하는 데 훨씬 많은 페이지를 할애했으니까.

고대 이집트의 벽화에는 목줄을 걸고 먹이 그릇을 바라보는 고양이나 의자 아래에서 생선을 먹는 고양이가 그려져 있다. 그 시절 고양이는 단순한 쥐잡이를 넘어선 인간의 친구였다는 뜻이다. 반면 고대 그리스 사람들의 생각은 달랐다. 아테네 근처에서 발견된 부조에는 비쩍 마른 고양이를 큰 개와 싸움 붙이는 잔인한 장면이 묘사되어 있다. 로마의 고관 대★ 플리니우스는 달이 이지러질 때 잡은 고양이의 간을 포도주와 섞어 먹으면 열병을 치료할 수 있다고 쓰기도 했다. 중세가 저물 무렵에는 기독교인들이 고양이에게 악마 숭배자들의 사악한 친구라는 이미지를 덧씌웠다. 이교(고대 이집트 종교)에서 고양이를 신성하게 여겼기 때문이다. 특히 성 요한 축일에는 검은 고양이를 닥치는 대로 잡아와 수백 마리씩 자루에 넣고 산 채로 태워 죽였다고 하니, 지금도 그 시절 고양이들의 곡소리가 귓가에 울리는 것 같다.

말이나 소와는 달리 사람의 노예가 되지 않는다는 이유로, 털이 새까맣다거나 밤에 돌아다닌다는 이유로 인간은 고양이를 악마의 하수인으로 여겼다. 인간들이 박해를 그만둔 것은 18세기 무렵이고 가족처럼 사랑받는 고양이의 그림이 나타나는 것은 19세기부터다. 그때라도 집단적인 박해를 그만둬서 다행이라 해야 할까. 아니면 오늘날까지도 길냥이 학대범이 판을 치니 박해는 여전히 음지에서 진행 중이라 해야 할까.

중세 사람들은 불길에 휩싸여 비명을 내지르는 고양이들을 보며 정말로 마녀가 타 죽고 있다고 생각해 낄낄거렸다. 한데 내가 만약 그 군중 속에 있었다면 나라고 다르게 행동했을까? 이 질문 앞에서는 입이 열 개라도 할 말이 없다. 지금 이 순간에도 내가 약한 것들에게 저지르고 있는 잘못이 무수히 떠오르기 때문이다. 소가죽 신발에 양가죽 가방, 오리털 이불과 패딩 점퍼, 나열하기 시작하면 이 페이지를 꽉 채우고도 남을 각종 동물성 먹거리들. 성 요한 축일의 고양이 사냥 자루에 조르바나 노바가 들어 있다는 상상만 해도 절로 눈물이 솟구치는 내가 오늘 점심때 남편과 소불고기를 먹었다는 사실은 나를 끔찍한 인간으로 만든다. 스스로를 끔찍해하면서도 이 고리를 쉽게 끊을 수 없는 것은 왜일까.

변명 같지만, 아니 변명 맞지만 고리를 끊는 데는 노력이 필요하기 때문이다. 특히 가족의 식단을 책임지고 있는 내 입장에서는 완전한 채식으로 가기까지 넘어야 할 허들이 적지 않다. 일단 채식을 시작하려면 (남편과 아들에게 강요할 수는 없으니) 내가 먹을 것만 매번 따로 요리해야 하는데 여기에는 돈과 시간과 에너지가 만만찮게 든다. 한때는 그들이 식사하는 옆에서 곡물셰이크를 마셔보기도 했지만 내가 밥을 먹지 않으니 유하도 잘 안 먹는 문제가 생겼다. 또 3인분 반찬을 한꺼번에 만들기에는 에어프라이어에 넣고 돌리면 끝인 고기 요리가 손질과 조리 과정이 복잡한 채소 요리보다 훨씬 간단하다. 육아도 살림도 일도 해야 하는 나는 이 간편함에 늘 굴복한다.

…쓰고 보니 진짜 구차한 변명 맞다. 내가 누리는 간편함 따위, 동물의 고통에 비하면 아무것도 아니니까. 양심의 가책과 간편함의 유혹 사이에서 시달리며 그야말로 내 마음 편하자고 세운 규칙은 다음과 같다. 혼자 먹을 때는 가능한 한 채식을 할 것. 가죽 제품은 안 사거나 꼭 필요하면 되도록 중고로 구입할 것. 화장품은 비건 제품을

쓰고 달걀, 우유, 육류는 동물복지 농장에서 난 것을 살 것. 고기가 나오는 사진은 SNS에 올리지 말 것. 이것이 본격적인 비건 생활을 하는 친구들에 비하면 터무니없이 게으른 노력인 건 안다. 그러나 게으른 노력이라도 하는 것과 안 하는 것에는 차이가 있을 테니, 느슨하게나마 계속해보기로 한다.

고양이에 대한 글이 동물 전체에 대한 글로 확대되고 마는 건 나로서는 어쩔 수 없는 흐름이다. 이건 아마 구달이 "개를 위해 창문을 활짝 열었다면, 어려워도 하는 데까지 최대한 벌레를 살려서 내보내려는 사람"이 되고 싶다고 쓴 것과 비슷한 맥락이겠지. 털 친구들이 우리에게 준 가장 큰 선물은 다름 아닌 그들에 대한 사랑을 다른 종에게도 적용해보려는 마음이니까.

몇 년 전 구달이 우리 집에 놀러 왔을 때, (그때는 살아 있던) 디가 구달의 관심을 요구하며 자기 얼굴을 구달 손에 마구 비빈 적이 있다. 제 냄새를 묻혀 '넌 내 거'라고 찜하는 행위다. 대체 구달을 몇 번이나 봤다고 그렇게 격렬하게 영역표시를 해댔는지 모르겠지만, 구달은 그런 디의 구애를 기꺼이 받아줬다. "내가 너만을 위해 존재하는 것 같니?" 속삭이며 디의 얼굴을 한참 쓰다듬던 구달의 눈은 '(이 순간만큼은) 내가 너만을 위해 존재하는 거 맞아'라고 말하고 있었으니, 고양이가 예술인 이유를 따로 설명하지 않아도 구달은 이미 알고 있을 것이다. 이 콧대 높은 종이 인간을 친구로 받아줄 때의 짜릿함을.

생각해보니 나는 옛날 사람들이 고양이를 미워했던 것과 정확히 같은 이유로 고양이를 사랑하고 있었다. 낮에 자고 밤에 돌아다니기 때문에. 날카로운 소리로 울기 때문에. 높은 곳에서 떨어져도 사뿐히 착지할 수 있기 때문에. 어떤 고양이는 까마귀처럼 새까맣고 또 어떤 고양이는 먹구름처럼 희뿌옇기 때문에. 집에 들이고 먹이를 줘도 길들여지지 않기 때문에. 결코 사람의 노예가 되지 않기 때문에. 즉 고양이가 고양이이기 때문에.

이 이상 고양이의 좋은 점을 나열했다가는 빌보의 원망을 살 것이 두려우니, 고양이파의 냥냥거림은 이쯤에서 접어두고 구달은 모르는 고양이 있는 집의 밤 풍경이나 슬쩍 보여주려 한다.

+

유하가 자러 들어가 조용해진 거실. 바닥에 요가 매
트를 깔자 소파 밑에서 쉬고 있던 조르바가 잽싸게 기어
나와 매트 위에 가로로 길게 드러눕는다. 평소라면 이 회
색 털 뭉치를 옆으로 살살 굴려 자리를 확보했겠지만 어제
는 유난히 귀여웠던 탓에 그냥 뒀다. 누워서 스트레칭을
하니 르바가 귀와 어깨 사이로 파고들고, 엎드리는 동작을
하니 노바가 등 위로 올라온다. 하하… 한 동작 한 동작마
다 고양이털이 자욱하게 피어오르는구나…. 그러나 집사
라면 이 정도 털쯤이야 보고도 못 본 척하는 스킬을 습득
하고 있는바, 개의치 않고 최대한 무뚝뚝한 얼굴(=지금은
못 놀아준다는 의사 표현)로 운동을 강행한다. 그러자 심심
해진 노바가 르바를 대뜸 공격하며 추격전을 시작한다. 요
가 매트를 둘러싸고 빙빙 도는 회색 너구리(르바)와 회색
표범(노바). 그 원 안에서 온 정신을 집중해 몸을 이리저리
비틀고 있는 인간(나). 잠시 후 앉아서 목 스트레칭을 하는
내 다리 사이로 르바가 폴짝 뛰어든다. 저 귀찮은 놈으로
부터 자기를 보호해달라는 신호다. 내가 이제 그만하라는

표시로 손바닥을 펼치자 노바는 발톱을 한껏 세워 내 손을 공격한다. 흥분해서 발톱 넣는 걸 까먹은 건지 고의로 그러는 건지 알 수 없지만 여하튼 제법 아프다. 온실 속 화초로 자라 할큄 줄도 깨물 줄도 모르는 르바와는 달리 노바는 길바닥 출신답게(?) 사냥에도 공격에도 능하고 거친 놀이를 좋아한다. 르바가 하도 질색하니 별수 없이 노바를 향해 "하악! 하악!(냥 언어로 '야, 그만 좀 해!')" 했다. 그러자 노바는 시무룩한 얼굴로 바로 옆에 있던 의자 아래로 기어 들어가 가만히 엎드렸다. 혼나긴 했지만 나와 르바의 곁을 떠날 수 없는 거다. 휴, 가련한데 귀여워서 심장 아프네. 이렇게 된 이상 오늘의 나머지 운동은 오뎅꼬치(막대기에 도톰한 털이 달려 있는 고양이 장난감) 흔들기로 대체한다. 인간은 고양이를 지배하는 데 실패했지만 고양이는 귀여움으로 인간을 지배한다.

Go Vegan!

『나의 비거니즘 만화』

보선 지음, 푸른숲, 2020

지수의 메모

네가 닭고기, 돼지고기, 소고기 순으로 고기를 끊어가는 동안
나도 생각이 많아졌어. 우리가 만나는 날이면 비건 식당을 찾아
보게 됐고, 함께 갔던 제주도에서는 비프스테이크 한 끼를 제외
하면 육류를 먹지 않는 데 성공했지. 한 사람의 채식은 주변인
의 습성에도 큰 영향을 주는 것 같아. 그런 면에서 내가 가고 싶
은 길을 먼저 가는 너 같은 친구를 둔 나는 무슨 복이니. 이 책
읽고 별책부록의 비건 식당 쿠폰을 이용해 나랑 함께 맛있는 비
건 음식을 먹으러 가자!

처음 끊은 육식은 닭고기였다. 2018년 가을 즈음, 좀 이
상하게 들릴지 모르겠지만 돼지가 생후 6개월 만에 도축
되어 고기가 된다는 사실에 충격을 받고 결심했다. 우연
히 축사 돼지의 일생을 다룬 기사를 읽었다. 공장식 축산
이 동물을 얼마나 체계적이고 잔혹하게 죽이고 있는지 확
인했다. 다름 아닌 내 식탁에 오를 값싸고 맛있는 제육볶
음을 위해서였다. "나의 행동과 동물의 고통. 그 분명한
연결."15쪽 『나의 비거니즘 만화』에서 주인공 아멜리가 비
건이 된 이유를 설명하며 적은 문장은 책보다 먼저 찾아와
내 삶을 두드렸다. 그런데 왜 돼지고기가 아니라 닭고기를
끊었느냐 하면, 당시에는 당장 육식을 멈출 자신이 없었
다. 평생 이어온 식습관을 단숨에 바꾸었다가 건강을 해치

지 않을까 걱정도 됐다. 그렇다면 최소한 죽고 못 사는 고기 하나라도 포기하자는 마음이었다. "프라이드치킨은 언제나 옳다"라는 말을 입에 달고 살며 소울 푸드로는 맥스파이시 상하이버거를 꼽는 사람, 바로 나였다.

그로부터 반년이 흘러 황금돼지해인 2019년이 밝았다. 설날 연휴를 맞아 오직 이 하루를 위해 아껴둔 돼지 캐릭터 양말을 꺼냈다. 통통하고 귀여운 분홍색 돼지 무리에서 딱 한 마리만 황금빛으로 번쩍이는 위트 넘치는 양말이었다. 발목 사진을 열심히 찍어서 모두모두 새해복 많이 받으라는 인사말과 함께 SNS에 올렸다. 그날 밤, 침대에 누워 사진첩을 뒤적이는데 기분이 이상했다. 저녁에 가족 외식을 하러 돈가스 가게에 갔다. 성북동의 명물인 경양식 왕돈가스를 크게 잘라 포크로 찍어 앙 베어 무는 내 모습이 사진에 담겨 있었다. 돼지 양말 사진 다음이 돈가스 먹방 사진이라니…. 돼지의 귀여움을 소비하면서 몸까지 먹어도 되나? 공포영화의 한 장면을 본 것도 아닌데 팔뚝 털이 쭈뼛 섰다. 바삭한 돈가스 사진 위로 살아 움직이는 존재로서의 돼지가 겹쳐졌다. 그날 밤에 돼지고기를 끊었다. 정확하게는 식재료와 캐릭터 등으로 객체화했던 대상과 연결을 끊고, 살아 있는 돼지와 연결되기를 선택한 것이었다.

『나의 비거니즘 만화』는 비건 지향인 아멜리의 일상을 담은 그림 에세이다. 채식뿐 아니라 공장식 축산 문제, 어업의 폐해, 모피 생산 실체 등 묵직한 주제를 함께 다룬다. 잔혹하고 불편해서 외면하고 싶은 장면이 적지 않았음에도 마지막 페이지까지 따뜻한 시선으로 읽었다. 부드러운 파스텔 톤 그림체 덕분만은 아니었다. 주인공 아멜리가 여러 존재들과 연결되어 있고, 그러한 이어짐을 통해 영감을 얻는 캐릭터라는 게 주효했다. 동물과 처음 연결된 순간을 다시금 곱씹게 된 계기 역시 아멜리가 제공해주었다. 비건의 '비' 자도 모르던 시절에 아멜리는 우연히 미식 프로그램을 틀었다. 정장을 차려 입은 패널들이 밝고 깨끗한 스튜디오에 앉아 소고기 등급이 어떠니 육즙이 예술이니 하며 대화를 나누는 장면을 보는데, 저도 모르게 이 말이 튀어나왔다고 한다. "예술은 무슨." 소가 들으면 지금 오가는 말들이 얼마나 기괴할까 싶었기 때문이다. 미식 프로

그램 패널들이 입맛을 다시며 설명하는 식재료에서 살아 있는 소를 떠올린 그 찰나를, 자신이 처음으로 고기가 아닌 동물과 연결된 순간을 아멜리는 잊지 않고 그림일기로 남겼다.

책에 따르면 비거니즘Veganism은 "종 차별을 넘어 모든 동물의 삶을 존중하고, 모든 동물의 착취에 반대하는 삶의 방식이자 철학"32쪽이다. 이러한 비거니즘을 지향하고 실천하는 사람을 비건Vegan이라고 부른다. 동물 착취에 찬성하느냐는 질문에 경쾌한 어조로 "그렇다"라고 대답할 현대인이 과연 몇이나 될까? 아마 없지 싶다. 내 생각에 우리는 누구나 잠재적 비건 같다. 비록 지금은 스스로를 '고기테리언'이라 칭할지라도 말이다. 문제는, 저자가 머리말에 적었듯이 개, 고양이, 비둘기 말고는 살아 있는 비인간 동물을 마주하기 어려운 현실에서 비인간 동물과 연결되는 순간을 경험할 기회는 더더욱 드물다는 데 있는지도 모른다. '연결'의 경험을 나누는 일이 그래서 중요하다. 나보다 먼저 동물과 연결된 사람들의 이야기에 귀를 기울이는 것. 비건 지향인의 목소리를 길잡이 삼아 동물을 착취하지 않고 보내는 하루를 상상해보는 것. 돼지 양말을 신고 돈가스를 먹었다는 사실에 부끄러움을 느꼈습니다, 정도의 하찮고 시시하고 창피한 경험이라도 세상에 내놓고 공유하는 것. 누가 알겠는가. 어쩌면 이 글을 읽은 누군가는 동물이 그려진 양말을 신은 날 돈가스 대신 메밀국수를 주문할 수도 있다(혹은 '고기테리언'이라는 단어를 썼다 지울지도 모른다).

지난해에 나는 특별한 친구를 사귀었다. 새벽이라는 근사한 이름을 가진 돼지다. 비건 관련 해시태그를 검색하다 알게 되었으니 비건 랜선 친구들이 맺어준 인연인 셈. 2019년 7월 23일에 경기도의 한 종돈장에서 공개 구조된 새벽이는 축사 돼지의 평균 수명인 6개월을 훌쩍 넘기고 얼마 전 본인 명패를 내건 쉼터(새벽이생추어리)에서 두 살 생일을 맞았다. 새벽이생추어리 인스타그램 계정(@dawnsanctuarykr)을 통해 틈틈이 고기 아닌 돼지의 일상을 들여다본다. 요즘처럼 무더운 여름날이면 새벽이는 아침부터 앞뜰 진흙 목욕탕에 몸을 담근다. 비트 우린 물로 채운 대야는 코로 엎어버리고, 쌀겨 물을 따라주면 시원하게 쭉쭉 들이켠다. 비탈을 오르고 도랑을 건너고 연한 풀을 뜯는다. 밤에는 바닥에 깔린 지푸라기를 스스로 정돈해 제 몸에 꼭 맞는 잠자리를 만든다. 사진과 영상 속 새벽이는 먹고 쉬고 움직이고 느끼고 경험하며 하루하루 존재한다. 새벽이와 연결된 덕분에 나는 얼렁뚱땅 불완전한 비건 지향인으로 살아가면서도 가장 중요한 진실만큼은 잊지 않을 수 있다. 인간을 위해 태어난 동물은 없다는 것. 나의 경험이 당신과 돼지를 연결하는 작은 고리가 되어준다면 기쁠 것 같다는 속마음을 꺼내놓으며, 이제 책갈피 삼아 끼워두었던 할인 쿠폰을 꺼내 가방에 챙겨 넣으려 한다.

『나의 비거니즘 만화』 초판 굿즈인 비건 레스토랑 쿠폰 5종 가운데 서울에서 쓸 수 있는 쿠폰은 세 개였다. 사당의 남미플랜트랩, 숙명여대 인근의 카페 시바, 홍대 앞 술집 드렁큰 비건. 세 곳 모두 지수의 집에서는 다소 먼 거리여서 선택을 지수에게 맡겼다. 지수의 선택은 술… 아니 홍대였다.

드렁큰 비건은 테이블이 네 개 남짓인 자그마한 가게다. 평일 오픈 시간에 맞춰 방문해서인지 우리가 첫 손님이었다. 잠시 두리번거리다가 한쪽 벽면에 진열되어 있는 알록달록한 섹스 토이들을 등지고 앉았다. 음? 드렁큰 비건의 공동 대표는 은하선 섹스 칼럼리스트이다. 그가 운영하는 은하선 토이즈 제품들을 함께 판매하고 있었던 것. 메뉴판에는 대한민국을 대표하는 클래식한 안주 여섯 종류가 적혀 있었다. 안주 이름이 하나같이 익숙하면서 낯설었다. 고추장 삼겹채 두루치기, 칠리새우(모양), 프라이드 콜리플라워 등등. 세상 신중하게 고민한 끝에 비건 라자냐와 프라이드콜리플라워를 주문했다. 술은 지수는 비건 와인, 나는 블루베리 피즈라는 이름의 칵테일을 골랐다. 가위를 빌려 가져간 쿠폰 세트에서 드렁큰 비건 쿠폰을 자르면서 속으로 이런 생각을 했다. '섹스 토이 디자인이 생각보다(?) 팬시하구먼. 혹시 소재도 비건? 음식 나오기 전에 구경하고 싶은데 내 안의 유교걸이 엉덩이를 꽉 붙들고 놔주질 않는군.' 내 마음을 읽었는지 지수가 입을 열었다. "그런데 궁금하지 않아?" 암, 궁금하고말…. "비건 와인은 그냥 와인과 어떻게 다를까?"

대표님께 여쭤보니 보통 와인을 거르는 과정에서 우

유나 달걀흰자 등이 사용되는데, 비건 와인은 이러한 동물성 재료를 쓰지 않고 주조한다고 한다. 와인은 포도를 발효시켜 만드니 당연히 식물성일 줄 알았다. 꾸준히 공부하고 꼼꼼히 체크하지 않으면 일상 속에서 비건과 논비건을 구분하기가 쉽지 않을 것 같다. 그만큼 우리가 일상의 세밀한 부분까지 동물의 목숨과 노동력에 의존하고 있다는 반증이기도 할 터이고. 그래도 지레 좌절하기에는 이르다. 지금이 어떤 세상인가. 스마트폰을 꺼내면 비건 지향인들과 즉각 연결된다. 『나의 비거니즘 만화』를 통해 알게 된 '비건 편의점'은 비건 소비에 도움이 되는 정보를 정리해놓은 위키 사이트다. '비건 주류' 항목을 누르니 관련 정보가 떴다. 맥주는 효모 침전물을 걸러낼 때 물고기의 공기 주머니를 끓여서 만든 부레풀을 사용하는 경우가 있다고 한다. 드렁큰 비건에서 판매하는 카스와 블루문, 그리고 우리 집 냉장고를 채운 칭다오는 비건 맥주 목록에 이름을 올렸다(야호!). 더 찾아보니 기네스는 200년 넘게 고수해온 제조법을 수정해 2016년부터 부레풀 없이 맥주를 만든다고 한다. 전 세계 비건 선배들이 술을 고를 때마다 내린 선택이 한 땀 한 땀 모여 기업을 움직인 것이다.

갓 튀겨 나온 프라이드콜리플라워는 자고로 튀김이란 겉은 바삭하고 속은 촉촉해야 한다는 인생의 진리를 완벽하게 구현한 메뉴였다. 신발을 튀겨도 맛있다는 걸 알고는 있었지만 이 정도일 줄이야. 이 세상에서 단 한 종류의 식재료만 튀길 수 있다면 인류는 감자를 포기하고 콜리플라워를 선택해야 할지 모른다. 입천장이 까져라 튀김 조각을 연신 입안으로 실어 날랐다. 행복이 별건가. 수요일 저녁 6시에 팬시한 바이브레이터에 둘러싸여 속 깊은 동성 친구와 프라이드콜리플라워를 나눠 먹는 게 행복이지. 두부, 콩 단백, 비건 치즈로 속을 채운 라자냐는 비주얼부터 먹음직스러웠다. 포크로 한 입 크게 떠서 베어 문 순간 알았다. 내가 이 맛을 그리워했었구나. 그런데 고기와 유제품 없이도 이 맛을 즐길 수 있었던 거구나. 그동안 고기를 먹지 않는 데만 급급했지 맛있는 음식을 찾아 먹는 데는 소홀했던 것이다. 쿠폰 메뉴인 미니 샐러드는 오이와 로메인 상추, 적양배추에 소스를 뿌린 평범한 샐러드에 구운 팽이버섯을 올렸을 뿐인데 너무 맛있었다. 이 맛을 너무라는 부사로밖에 표현하지 못하다니 미각이 둔한 나 자신이 밉다. 혹시 맛이 궁금하다면 평소 만들어 먹는 샐러드에 고기 토핑 대신 구운 팽이버섯을 올려 먹어보길 권한다. 사진을 찍어 SNS에 올리고 '너무'보다 나은 수식어로 샐러드 맛을 설명해주면 고마울 것 같다(당신은 이미 비건—☆).

원래는 지수가 비거니즘을 어떻게 생각하고 또 실천하고 있는지 물어볼 계획이었는데, 맛있는 음식과 알코올의 영향으로 기분이 한껏 들뜬 나머지 시시콜콜한 수다만 잔뜩 떨고 말았다. 우리의 수다 주머니에서는 고양이 영양제 리뷰에서부터 페미니즘 이슈까지 이야깃거리가 끝도 없이 튀어나왔다. 문득 고개를 드니 어느새 작은 가게 안이 손님으로 가득 차 있었다. 다들 일면식도 없는 사람들이다. 하지만 우리는 작지만 강력한 운명으로 연결되어 있었다. 그 증거로 모든 테이블마다 프라이드콜리플라워가 한 접시씩 놓여 있다. 이곳을 나선 우리는 각자 속한 세계에서 하나의 복음을 전파하게 되리라. 프라이드콜리플라워는 언제나 옳다.

맥주 두 캔으로 끝나지 않을
음주를 기다리며

『나라 잃은 백성처럼 마신 다음 날에는』

미깡 지음, 세미콜론, 2020

구달의 메모

10초마다 배꼽을 부여잡게 만드는 이 재미난 에세이를 읽는데
문득문득 그렇게 원통할 수가 없더라. '알쓰'인 나라서, 나라 잃
은 백성처럼 마신 날에 들이켜는 해장국의 감칠맛을 평생 모를
나라서, 작가가 적나라하게 묘사한 지독한 숙취를 유니콘 떠올
리듯 상상해내야 하는 나라서… 지수에게 이 책을 보내. 독후감
은 숙취와 함께 깨어나 해 먹은 해장 음식 후기로 대신 받을게
(잊지 않았지? 메뉴는 go vegan!).

인생 최초의 숙취를 떠올려본다. 아마도 고3 때, 수능을 치른 얼마 뒤였을 것이다. 나와 고등학교 친구들은 그날 마산의 번화가인 창동의 술집에서 레몬소주와 알탕을 진탕 먹었다. 미성년자였으니 만일을 대비해 다들 언니나 친한 선배의 주민등록번호를 외워 갔지만, 바쁜 알바생은 우리의 얼굴을 흘끗 보더니 별다른 질문 없이 메뉴판을 내줬다. 어째서 교칙과 사회 규범을 위반하면서까지 술을 먹어야 했냐면, 우리 생각에는 우리가 인생의 가장 큰 난관(수능)을 통과한 어른이었기 때문이다. 어른은 시내에서 친구를 만나면 레몬소주 같은 걸 먹어줘야 하기 때문이다.

제 주량을 모르는 채 퍼마셨으니 당연히 우리는 급속도로 취했다. '가오'를 잡느라 꺾지 않고 원샷으로만 마신

탓도 있었다. 이미 인사불성이 된 우리를 집까지 데려다주기 위해 친구의 남자친구와 그 남자친구의 친구들이 왔다. 처음 보는 남자애가 나에게 할당(?)되었고, 그 친구는 나와 함께 택시를 타고 우리 집 앞까지 갔다. 엄마 아빠도 못 알아보겠는 상태로 차마 집에 들어갈 수 없었기에 우선은 아파트 놀이터로 가서 그네에 나란히 앉았다. 무척 추운 날이었다. 지금은 이름도 학교도 무엇 하나 기억나지 않는 그 친구가 양털 같은 재질의 회색 점퍼를 내 어깨에 걸쳐줬다. 무슨 로맨틱한 기류 따위가 있었던 건 아니다. 그저 내가 "아 진짜 춥네… 너무 춥네…"라고 대놓고 중얼거렸기 때문이다.

잠시 후 나는 집으로 고이 들어와 뻗었고 다음 날 인생 최초의 숙취에 시달렸다. 세상이 통째로 우그러지며 회전했고, 거대하고 투명한 손이 나를 짓누르는 양 엄청난 중력으로 침대에 달라붙어서 도무지 일어날 수 없었다. 두통은 또 얼마나 끔찍하던지. 머리를 통째로 뽑아 기찻길에 던져버리고 싶을 정도였다(기찻길 옆에 살았다). 이 세상에 해장이라는 게 있다는 사실을 몰랐으니 얼큰한 음식으로 속을 달래지도 못했다.

지금 생각하면 어린 여자애들끼리 밤늦게 돌아다닌 것도, 제 주량도 모르고 술을 퍼마신 것도, 모르는 남자애랑 택시를 탄 것도 모두 아찔하게 위험한 일이었다. 사회가 미성년자의 음주를 금지하는 데는 다 이유가 있다. 그러나 나는 불행히도 경험을 통해서만 깨달음을 얻는 미련한 종자다. 그때 '소주는 반드시 3분의 1잔씩 꺾어 마셔야 한다'라는 교훈을 획득한 나는 그 뒤로 어떤 유혹 앞에서도 안전을 최우선으로 생각하는 절도 있는 음주인으로 거듭나…기는 개뿔. 절도 있는 음주인이 되기까지는 그 뒤로도 천 번의 숙취가 더 필요했다.

몇 달 뒤 대학생이 된 나는 학교 근처 편의점 앞에서 곤죽이 되어 퍼져 앉아 있었다. 얼마나 딱해 보였으면 일면식도 없는 학우가 내 손에 캔 음료 하나를 쥐여주고 갔다. 보라색 바탕에 웬 수상한 아저씨의 사진이 동그랗게 들어가 있는 그 음료를 뭘 믿고 받아 마셨는지 모르겠지만 곤죽에게 의심하는 능력이 남아 있었을 리가. 벌컥벌컥 한 입에 털어넣고 그때 살던 고시원 방으로 기어 들어가 의식을 잃었다.

다음 날, 원래라면 지옥 같은 숙취에 시달려야 할 내가 맑은 정신으로 눈을 떴다. 음? 이 상쾌한 아침은 뭐지? 내가 이미 내세에 와 있나? 세상에, 나라 잃은 백성처럼 술을 퍼먹었는데 숙취가 거의 없다! 두통도 견딜 만하고 속도 안 쓰리다! 동네 사람들이여, 기적이 일어났습니다!! 그것이 나와 '여명808'의 운명적인 만남이었다. '심하게 달린 날에는 여명808을 먹어야 한다'. 두 번째 교훈은 그렇게 획득했다.

그 뒤로도 '술과 물은 같은 비율로 마셔줘야 한다' '세상이 찌그러져 보일 때는 나의 간도 찌그러지고 있는 것이니 그만 마셔야 한다' '자기 전에 토하는 게 자고 일어나 토하는 것보다 언제나 낫다' 등등의 교훈을 획득해가며 여기까지(?) 왔으나 나는 아직도 내가 술을 좋아하는지 잘 모르겠다.

술자리라면 십수 년간 꾸준히 좋아해왔지만, 과연 내가 술 자체를 좋아한다고 말할 수 있을까? 무언가를 진심으로 좋아하면 보통은 혼자서라도 그 대상을 탐구하고 탐

닉하게 되는 거 아닌가? 자랑은 아니지만 나는 인생에서 혼술을 한 경험이 열 번도 안 된다. 혼자 집에서 영화를 보면서 맥주 한 캔, 저녁밥을 먹으면서 반주로 소주 한두 잔, 그런 식의 음주가 내 생활에는 없는 것이다. 또 에일과 라거 중 무엇을 선호하는지, 와인의 보디감은 어떤 게 좋은지, 소맥은 어떤 비율로 말아 먹는지 등의 술 취향도 없다. 물론 내게도 혀는 달려 있으니 자몽맥주나 스파클링 와인이 맛있는 액체라는 건 알지만, 나에게 술은 마음을 열게 하거나 흥을 돋우기 위한 도구로서의 의미가 가장 크다. 말하자면 애주가가 아니라 애홍가라고나 할까.

한때는 술이라는 도구를 이용해 상대의 껍질 안쪽을 들여다보고 싶었다. 이 사람은 선비 같은 얼굴로 뭘 욕망할까, 누굴 좋아하고 누굴 싫어할까, 남들이 안 보는 데서는 어떤 음악을 듣고 무슨 책을 읽을까, 밑바닥까지 파 보면 뭐가 나올까 따위가 그때는 참 궁금했다. 그 내면으로부터 자극받고 싶었고 내가 상대를 자극하고 싶기도 했다. 그랬기에 여러 사람과 두세 시간 마시는 것보다 한 사람과 새벽까지 오래 마시는 술자리가 훨씬 좋았다. 이성이

든 동성이든 그런 밤을 함께 보낸 사이는 각별해질 수밖에 없다.

음주에 임하는 태도는 나이를 먹으며 차츰 달라졌다. 일단은 매일 아침 7, 8시에 알람처럼 나를 깨우는 아이가 있으니 황혼에서 새벽까지 마실 수도 없을뿐더러, 요즘은 자극적인 것보다는 즐거운 것에 목마르다(써놓고 보니 이 인간은 평소에 즐거운 일이 그렇게 없나 싶으실 거 같은데 맞습니다. 요즘 즐거운 게 참 없네요. 동정할 거면 같이 마셔주세요). 특히 프리랜서가 된 뒤로는 남편 외의 사람과 마실 기회가 드물어져 술자리 하나하나가 소중하다. 전에는 시간 낭비처럼 느껴지기도 했던 여럿이서 와글와글 떠드는 술자리도 좋아졌다. 덕질하는 연예인 이야기, 운동하고 그림 그리는 이야기, 반려동물이랑 반려식물 키우는 이야기, 자식 이야기, 뭐든 즐겁다.

그런데 코로나19 시국은 그 드문 즐거움마저 내게서 앗아 갔고, 나는 1년째 거의 남편과만 집에서 술을 먹고 있다. 보통은 애를 재운 뒤 함께 영화를 보면서 맥주 한 캔 정도 마시는데, 12시가 다가오면 다음 날 아침 일정(육아)

의 압박에 신데렐라처럼 초조해져 도중에 프로젝터를 꺼버리고 자러 가기 일쑤다. 본의 아니게 건전한 음주 생활이다. 마지막으로 숙취를 느껴본 게 언제더라. 전생쯤이었나? 그러나 이번 책 미션은 무려 '비건 해장 음식 해 먹기'. 숙취 없는 해장은 있을 수 없으니 맘먹고 마셔보기로 했다.

우선은 편의점에서 네 캔에 만 원 행사를 하는 맥주를 사 왔다. 요즘 술이 많이 약해졌으니 두 캔 정도면 능히 취하겠지…? 하며 크리스토퍼 놀런의 신작 〈테넷〉을 틀어놓고 '유미의 위트 에일'(웹툰 〈유미의 세포들〉과 컬래버레이션한 제품)을 따서 호기롭게 음주를 시작했는데, 긴박감 넘치는 BGM에 맞춰 급하게 들이마시다 보니 한 캔째에 이미 머리가 어질어질했다. 와, 2,500원에 취할 수 있다니 내 몸 가성비 쩐다, 너무 좋군, 하며 두 번째 캔을 땄다. 주인공은 세상을 구하기 위한 사투를 벌였고 나는 알새우칩과 제주 위트 에일(유기농 제주 감귤 껍질을 썼다는데 감귤 향은 잘 모르겠고 구수한 맛만 났다)을 목구멍에 쑤셔 넣어가며 그의 전투를 함께했다. 주인공은 (일단) 세상을 구한 것 같고 나는 (일단) 취한 것 같다. 오랜만에 느껴보는 몽실몽실한 기분. 그 기분이 깨질세라 얼른 이불 속으로 들어갔다. 술자리에서 이불까지 3초면 도착이라니 심하게 안전한 음주다(맘먹고 취하는 날에도 제가 이렇게 건전하게 마십니다. 위장에 레몬소주를 겁 없이 들이붓던 애송이가 어른이 됐죠).

　　다음 날 아침, 만족할 만한(?) 숙취는 아니지만 그럭저럭 속이 쓰리고 머리가 멍하다. 좋아, 이제 해장을 해볼까. 나는 『나라 잃은 백성처럼 마신 다음 날에는』을 읽고 나의 음주 에피소드 따위는 미깡 작가에 비하면 정말이지 아무것도 아니라는 사실을 알게 됐다. 미깡 작가가 배갈(도수 40도 이상)이라면 나는 호로요이(3—4도)였다고나 할까. 이온음료, 평양냉면, 베트남 쌀국수, 양평해장국, 만두, 콩나물국밥, 타바스코 버거, 순댓국 등등의 다채로운 해장 음식을 매개로 펼쳐지는 참술꾼들의 이야기는 내가 아직 발을 내딛어보지 못한 신대륙처럼 신비롭게 느껴졌다. "나는 언제 어디서나 과음을 한다"139쪽라는 위풍당당한 선언 앞에서는 저절로 머리가 수그러졌고, "숙취가

233

오셨다 하면 겸허히 받아들이고 어떻게든 참고 견뎌야 한다"111쪽는 잠언 앞에서는 어리석게도 숙취에 맞서 싸우려 했던 내 지난날이 부끄러워지기도 했다. 마지막 꼭지(에필로그)에서는 전날 함께 마신 친구들에게 해장 안부를 물어야 한다는 찡한 교훈도 얻었다(한편으로 '이렇게까지 술에 진심일 일인가…?'라는 생각이 안 드는 것도 아닌데, 그런 생각 자체가 내가 술꾼으로서는 영 글러먹었음을 방증하는 듯해 갑자기 씁쓸해진다).

마침 독일의 롤몹스, 이탈리아의 에스프레소, 폴란드의 피클 국물, 중국의 오이계란탕과 같은 세계의 해장 음식을 소개하는 꼭지('도전! 세계의 해장 음식')가 있어서 나는 '프렌치어니언수프'와 '오이계란탕'에 도전해보기로 결심했다. 원래는 둘 다 치킨스톡을 넣는 음식이지만 비건식으로 만들어야 하니 채소스톡으로 대체할 요량으로 미리 사두기도 했다. 그런데 생각해보니 '비건'이란 여러 채식의 형태 중 우유와 달걀을 포함한 모든 동물성 식품을 일절 섭취하지 않는 것이 아니던가? 프렌치어니언수프는 수프 위에 치즈가 반드시 올라가야 하고, 오이계란

탕은 계란 없이 성립되지 않는다('오이탕'은 너무 이상할 것 같잖아요?). 구달이 '락토오보 베지테리언(우유와 계란까지 허용하는 채식주의자)의 해장 음식'을 미션으로 줬다면 또 모를까, 콕 집어 '비건'이라는 단어를 쓴 데는 이유가 있을 텐데.

다행히 용의주도한 과거의 이지수는 미래의 이지수가 혹시라도 숙취 때문에 요리를 못 할까 봐 채소스톡과 함께 채식 라면도 사뒀다. 풀무원에서 나온 '정면'이라는 제품으로, 초록색 바탕에 표고버섯과 마늘 그림이 크게 들어가 있는 것이 '디스 이즈 비건 라면!'이라고 외치는 듯했다. 후루룩 끓여 먹어보니 면을 튀기지 않고 건조해서 그런지 담백하면서도 칼칼한 맛이 좋았다. 물 올리기에서 다 먹기까지 30분도 걸리지 않는 간편함도 마음에 들었다. 한데 고작 라면 하나 끓여 먹고 미션 클리어를 외치기에는 뭔가 찝찝했다. 뭐라도 더 해야 할 것 같은 셀프 압박을 이기지 못해 '비건 해장국'이라는 키워드로 유튜브 검색을 해봤다. 비건 감자탕, 노루궁뎅이해장국, 토마토해장국, 버섯개장 등등의 요리들이 쏟아져 나왔다. '비건 안주'로 검색하니 나오는 게 더 많았다. 두부강정, 가지구이, 애호박전과 같은 익숙한 요리부터 퀴노아 김밥, 콩고기 라자냐, 비건 마라샹궈 등의 색다른 요리까지, 아무리 스크롤을 내려도 리스트가 끝나지 않았다. 그중 "고기는 끊어도 술은 못 끊지"라는 소개 문구가 보여 웃음이 터졌다. 비건 술꾼은 무해하게 귀엽군.

나는 집에 있는 재료로 유튜버 '베지곰' 님의 레시피를 참조해 비건 감자탕을 추가로 만들어보기로 했다. 우선 감자 두 개와 새송이버섯 두 개, 대파 3분의 1대를 씻고 썰었다(원래는 얼갈이배추도 넣어야 하지만 없어서 생략). 냄비에 물 500밀리리터를 부은 뒤 된장 한 스푼, 고추장 한 스푼, 다진 마늘 한 스푼, 국간장 두 스푼, 고춧가루 두 스푼을 넣고 준비해둔 재료와 함께 끓였다. 떡국 떡과 당면도 추가했는데 아쉽게도 깻잎과 들깻가루는 없어서 못 넣었다.

감자 뼈도, 배추도, 깻잎도, 들깻가루도 없는 이 음식을 감자탕이라고 부를 수 있을까? 아마 없겠지만, 묘하게 떡볶이 국물 맛이 나는 빨간 감자탕은 나름대로 시원하고 괜찮았다. 함께 먹은 남편에게 어떠냐고 물었더니 "역시 해장은 여명808"이라고 했지만….

이 글을 쓰는 지금(2021년 2월 19일)은 5인 이상 집합 금지가 풀리지 않아 친구들을 만나 술을 먹을 수 없다. 마스크 없는 얼굴로 서로를 바라보며 웃고 떠들 수 있는 날이 언제쯤 올지 모르겠지만, 분명 그날 나의 음주는 맥주 두 캔으로 끝나지 않을 것이다. 다음 날의 일정 따위 아랑곳하지 않고, 나라 되찾은 백성처럼 마실 것이다.

외투 소매로 지구 구하기

『지구에서 한아뿐』

정세랑 지음, 난다, 2019

지수의 메모

우리 같이 회사 다닐 때는 퇴근길에 종종 쇼핑도 함께 했던 거,
기억나? 오랜만에 회상해보니 참 그립네(퇴근길이 그리운 거지
회사가 그리운 건 아니야. 출근 없이 퇴근만 하고 싶다). 그런데
그땐 몰랐지. 의류 소비가 환경 파괴로 이어진다는 당연한 사실
을. 동묘 시장에서 멋진 구제 옷을 척척 찾아내는 너니까 의류
업사이클링에도 관심이 있지 않을까? 이 책 읽고 한아처럼 옷
업사이클링에 도전해보기!

구달
·······

150번 버스가 한강대교 중간에 섰다. 서울 용산구와 동작
구를 연결하는 한강대교는 3층짜리 건축물을 통해 한강에
떠 있는 작은 섬과 연결되어 있다. 노들섬, 오늘의 목적지.
버스에서 내린 나의 왼손에는 커다란 피크닉 가방이 들려
있었지만 그 안에 담긴 물건은 돗자리와 샌드위치가 아니
었다. 차이나칼라 트렌치코트와 하늘하늘한 소재의 미색
원피스였다. 공연장, 책방, 식물 상점을 비롯해 작지만 특
색 있는 가게들이 자리 잡은 이 섬에 나는 옷을 고치러 왔
다. 온라인으로 3주 전에 미리 수선 예약을 해두었다. 래;
코드(RE;CODE)는 패션 기업 코오롱에서 전개하는 업사이
클링 브랜드다. 자사 재고 의류와 산업 폐기물 등을 해체
하고 재조합하여 새로운 옷을 만든다. 노들섬에는 래;코

드에서 직접 운영하는 오프라인 매장인 박스 아뜰리에가 있다. 이곳에서는 손님들이 낡은 옷을 새롭게 고쳐 입을 수 있도록 수선 서비스를 제공한다. 통유리창 너머로 나란히 늘어선 흰색 재봉틀 여러 대가 보였다. 깔끔하게 정돈되어 있고 개방감이 느껴지는 탁 트인 공간이다. 확실히 '환생'과는 다른 느낌이었다. 정세랑 소설가는 한아가 운영하는 '환생—지구를 사랑하는 옷 가게'를 "버려질 뻔하다 다시 발견된 물건들로 가득한"10쪽 "열두 평 남짓한 좁은 공간"12쪽이라고 썼다.

『지구에서 한아뿐』은 저탄소 SF 로맨스 소설이다. 조금 더 풀어 쓰자면 의류 업사이클링 디자이너 한아와 반半 광물 외계인 경민이 나누는 아주 희귀하고 친환경적인 사랑을 그리고 있다. 두 주인공이 얼마나 귀엽고 사랑스러운 존재들인지 주절주절 설명하며 주접을 떨고 싶지만 스포일러를 피하기 위해 이쯤 하겠다. 아, 입이 간질간질하다. 둘에게 반하지 않고는 배기질 못할 포인트를 딱 하나씩만 적는 건 괜찮지 않을까? 한아는 가수 아폴로를 좋아하게 된 이유로 그가 콘서트장에서 페트병 생수 대신 정수기 물을 마신다는 점을 꼽는다. 경민은 그런 한아를 위해 초능력을 써서 자차 연비를 리터당 40킬로미터까지 끌어 올린다. 연비 개선이 그 어떤 진귀한 선물보다 한아를 기쁘게 하리라는 걸 알기 때문이다. 서로를 진심을 다해 사랑하면서 지구를 망가트리지 않는 방식으로 그 사랑을 표현하려 노력하는 마음. 탄소 배출이 적은 로맨스란 이런 것이다. 닮고 싶었다. 그들 틈에 끼고 싶었다. 읽는 내내 소설 속의 세계로 뛰어들어 자그마한 배역이라도 맡고 싶었다. 아아, 한아의 저탄소 친구 역 오디션이 열리면 성실히 준비해서 한자리 꿰찰 자신 있는데.

거짓말이다. 연기력은 어떻게든 끌어올리겠으나(거짓말이다…) 저탄소 우정은 어떻게 표현하면 좋을지 솔직히 잘 모르겠다. 얼마 전에 있었던 일을 떠올리면 더더욱 자신감이 쪼그라든다. 집에서 뒹굴고 있는데 친구에게 메시지가 왔다. 우리 동네 어디쯤에 놀러 왔다고, 근처에 점심을 먹을 만한 가게를 추천해달라는 연락이었다. 쉽사리 답장을 보내지 못하고 머리를 싸맸다. 아무리 짱구를 굴려도 ①일요일에 문을 열고 ②주차가 가능하며 ③맛있는

④채식 식당이 생각나지 않는 것이다. 비빔국숫집은 주말에 쉬고 곤드레나물밥을 파는 가게는 주차 공간이 없다는 사실을 떠올리자 동공 지진이 났다. 채식을 지향하면서 고기가 들어간 음식을 권하고 싶지는 않았지만, 그렇다고 육류 소비가 줄기를 바라는 마음으로 친구의 주말 나들이를 고생스럽게 만들고 싶지도 않았다. 고민 끝에 결국 주차 공간이 있고 맛이 보장된 만둣집을 추천했다.

이게 이렇게까지 곱씹을 일인가 싶을 정도로 그놈의 만두가 며칠째 가슴에 턱 얹혀 있었는데, 『지구에서 한아뿐』을 읽으면서 만두를 소화시킬 실마리를 찾았다. 가수 아폴로 팬클럽 회장인 주영이란 인물을 통해서였다. 주영은 '누구나 하나의 세계를 이룰 수 있다'라는 명제를 믿지 않는다. "거인이 휘저어 만든 큰 흐름에 멍한 얼굴로 휩쓸리다가 길지 않은 수명을 다 보내는 게 대개의 인생이란 걸 주영은 어째선지 아주 어린 나이에 깨달았다. 끊임없이 공자와 소크라테스의 세계에, 예수와 부처의 세계에, 셰익스피어와 세르반테스의 세계에, 테슬라와 에디슨의 세계에, 애덤 스미스와 마르크스의 세계에, 비틀즈와 퀸의 세계에, 빌 게이츠와 스티브 잡스의 세계에 포함되고 포함되고 또 포함되어 처절히 벤다이어그램의 중심이 되어가면서 말이다."37쪽 주영이 예리하게 꿰뚫어본 세계의 본질에 공감하면서도 어쩐지 내 상상력은 엉뚱한 곳으로 뻗어 나갔다. 그곳은 벤다이어그램의 중심이다. 커다란 원에 휩쓸린 멍한 얼굴을 한 사람들이 제 나름대로 조그맣고 볼품없는 원을 열심히 그리는 세계다. 그곳에서 나는 친구에게 동네에서 조그맣게 운영하는 박고지김밥 가게가 공용주차장에서 도보 20분 거리에 있다는 정보를 알려줌으로써 초록빛 원을 그리고 있다. 친구가 불편을 감수하고 김밥을 선택한다면, 점심 한 끼를 먹는 동안만큼은 비실비실하게나마 초록빛의 흐름을 이끌어낼 터였다. 삶의 사소한 영역에서 보통 사람들이 작은 기지를 발휘하여 만들어내는 자그마한 영향력.

수선을 맡은 재봉사 선생님과 인사를 나누었다. 크고 작은 천 조각을 이어 붙인 치마와 데님을 잘라 만든 조끼를 작업복으로 선택한 모습이 재봉틀과 함께해온 경력을 증명하는 듯했다. 내가 꺼낸 옷을 유심히 만져보는 선생님의 손끝에서 단단한 내공이 느껴졌다. 가져간 옷은 두 벌이었다. 첫 번째는 하늘하늘한 미색 원피스. 3년 전쯤 단골 가게에서 구매한 민소매 원피스로, 품이 넉넉하고 가벼워서 어디에나 편하게 겹쳐 입기 좋아 자주 입었다. 문제는 얇고 가벼운 소재라는 장점이 브래지어를 벗어던지면서 단점이 되어버렸다는 데 있었다. 원피스를 살 때만 해도 브라렛 정도는 입었는데 어느 순간 그마저 답답해 상의 속옷을 모조리 내버렸다. 몸을 조이는 와이어와 캡에서 완전히 자유로워졌다. 그러나 타인의 시선으로부터는 자유로워지지 못했으니, 옷을 고르는 기준에 젖꼭지가 보이는지 여부를 추가하고 말았다.

몸판에 안감을 덧대기로 했다. 재봉사 선생님은 원피스 색과 비슷하면서 투과율이 낮은 네 종류의 자투리 천을 골라 가져다주었다. 하나하나 만져보고 불빛에 비춰본 다음 후보를 둘로 압축했다. 효과(?)를 확인하기 위해 즉석에서 천을 잘라 옷핀으로 몸판에 고정시켜 입어보았다. 커다란 유리창으로 쏟아지는 햇살을 받으며 전신 거울 앞에

서서 몸의 점 두 개가 도드라져 보이는지 아닌지 확인하려니 참⋯. 만약 경민처럼 취미로 지구를 관찰하는 외계인이 본다면 지구인의 이 희한한 풍속을 이해하기란 쉽지 않을 테지. 속으로 텔레파시를 보내며 중얼거렸다. 일종의 보호구라고 생각해주시겠습니까. 둘 중에 더 두툼한 원단으로 결정했다. 나는 타인의 시선에 쉽게 베이는 심장을 가졌으니까, 아직은.

두 번째 옷은 차이나칼라 트렌치코트로 빈티지 제품이다. 빈티지 의류를 좋아한다. 처음에는 단 한 벌뿐이라는 희소성에 이끌렸고, 패스트패션이 환경오염에 일조한다는 사실을 깨달은 이후로는 입고 싶은 스타일의 옷이 생기면 일단 빈티지 숍부터 뒤지는 습관을 들였다. 숱한 실패와 시행착오 끝에 빈티지를 고르는 안목도 조금 익혔다. 애석하게도 이 트렌치코트는 안목이 바닥을 기어 다닐 때 샀다. 요즘 외투에서는 보기 힘든 끈에 걸어서 고정하는 빵 모양 단추와 갈색 테이핑 디테일에 반해서 그만 소매가 짧아 조카 색동저고리를 빌려 입은 것처럼 보인다는 진실을 애써 외면하고 사버렸다. 핏이라는 숲은 보지 못하고 디테일이라는 나무에만 집착한 결과였다. 안목 없는 주인을 만난 탓에 근사한 트렌치코트는 내내 옷장 안에 처박혀 지냈다.

　팔을 뜯어내고 연결 부분에 천을 대서 전체 길이를 늘이면 어떨까 생각했는데, 재봉사 선생님은 아예 소매를 잘라서 짧게 만들어 입으면 어떻겠느냐는 아이디어를 주셨다. 쉽지 않은 선택이었다. 반팔 외투는 내가 멋쟁이의 전유물이라고 생각해서 피해온 두 가지 아이템 중 하나였기 때문이다(나머지 하나는 벨트. 특히 옷 위로 두르는 벨트다). 그래도 전문가의 조언을 구하려고 한강에 둥둥 떠 있는 섬까지 찾아온 것이니만큼 새로운 스타일에 도전하기로 마음먹었다. 소매를 자르고, 통은 넓히고, 테두리에는 원래 디자인과 통일성을 주도록 갈색 테이핑을 두르기로 결정했다. 패션과 관련해 이만큼이나 디테일한 결정을 내렸다는 사실만으로 이미 멋쟁이가 된 기분이었다.

　텅 빈 피크닉 가방을 들고 섬 가장자리를 향해 걸었다. 재봉사 선생님이 노들섬에서 풍경이 가장 아름다운 장소가 어딘지 일러주었다. 한강철교와 일렁이는 물결을 한

눈에 담을 수 있다고, 여름이면 양귀비꽃이 만발해 더욱 아름답다고 했다. 아직 겨울이라 꽃은 없었지만 아름드리 버드나무가 곳곳에 뿌리내린 풍경은 충분히 아름다웠다. 버드나무가 겨울에도 푸르른 잎을 길게 늘어뜨리는 식물이었구나. 무심코 눈에 담아온 익숙한 풍경에서 뜻밖의 새로움을 발견하기도 한다. 둔치에는 소풍 나온 사람들이 띄엄띄엄 앉아 있었다. 다들 한낮의 햇살을 한 줌도 놓치지 않겠다는 기세로 볕이 드는 방향을 향해 쪼르르 자리를 잡았다. 귀엽군. 며칠 내내 미세먼지 농도가 짙었던 하늘은 모처럼 맑게 개었다. 맨눈으로 우주선을 포착해도 이상하지 않을 만큼 맑았다. 하늘을 올려다보며(정말로 우주선을 보게 될까 봐 약간 걱정하면서) 나를 바로 지금 이 풍경 앞에 놓이도록 이끈 존재들에 대해 생각했다. 한아와 경민, 정세랑 소설가, 미션을 준 지수, 소각될 운명에 놓인 자사 재고를 활용해 업사이클링 의류를 만들어보자는 아이디어를 최초로 떠올린 패션회사 직원, 낡은 옷을 능숙하게 뜯고 깁고 이어 붙여 새 숨을 불어넣는 재봉 장인들…. 각자의 자리에서 저마다의 기지를 발휘해 자그마한 초록빛 원을 그리는 사람들. 그들이 사는 세계에서 당당히 배역 하나를 꿰차려면 나는 또 무얼 시도할 수 있을까를 고민해본다. 일단은 저탄소 멋쟁이로 거듭나고 싶다. 다가오는 봄에는 반소매 트렌치코트를 아주 기가 막히게 소화해서 이런 옷은 어딜 가면 구할 수 있느냐는 질문을 받겠노라는 하찮고도 진지한 각오를 다졌다. 한쪽 눈을 찡긋하며 대답해야지. "그곳은 바로, 당신 옷장?" 입을 만한 옷은 이미 산 옷 중에 있답니다.

달라지고자 하는 마음이
거기 있다는 것을

『심장에 수놓은 이야기』

구병모 지음, arte, 2020

구달의 메모

"그러니 시미 씨가 원하는 걸 말해주세요. 무엇이 시미 씨를 돌
봐주었으면 좋겠는지." 이 질문에 대한 지수 버전의 대답을 고
민하며 읽어주기를. 소설을 다 읽고 대답을 찾았다면, 그 '무엇'
을 몸에 직접 수놓아보면 어떨까. 조심스럽게 권해봐.

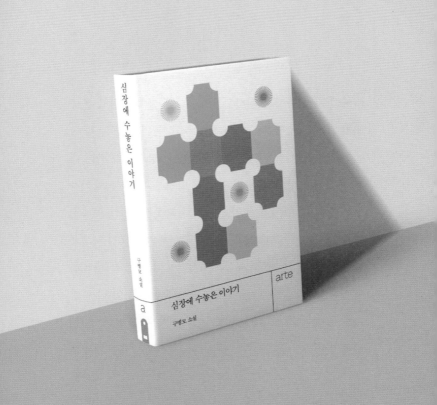

심장에 수놓은 이야기

구병모 소설

arte

지수
·······

아빠의 사랑을 의심한 적은 없다. 다만 아빠가 나를 존중
하지 않는다는 생각은 십대 시절 내내 줄기차게 했다. 아
빠는 전형적인 경상도의 가부장이었다. 당신이 하자는 대
로 식구들이 군말 없이 따르는 게 당연하다는 사고방식을
가지고 있었고, 지시한 일을 우리가 빠릿빠릿하게 해내지
않으면 호통을 쳤다. 엄마는 그것을 아빠의 당뇨병 탓으로
돌렸지만("젊었을 땐 느그 아빠가 성격이 참 느긋하고 좋았는
데, 몸이 아파가 저란다 아이가") 글쎄, 과연 그것이 단지 병
때문만이었을까. 지금은 아빠 역시 어떤 측면에서는 가부
장제의 희생자라고 생각하지만 그때는 이해심보다 반발심
이 더 컸다. 그리고 그 반발심은 나로 하여금 '권력' '강제'
'상하 관계' 등의 단어에 영원히 알레르기 반응을 일으키게

만들었다.

아직도 잊을 수 없는 장면이 있다. 평소 폭력만은 휘두르지 않던 아빠가 그날따라 철사 옷걸이로 나를 때렸다 (그때 일어날 기력도 없이 몸이 안 좋았던 아빠가 앉은자리에서 손에 잡히는 대로 집어 휘두른 게 옷걸이였다). 아마 꼴 보기 싫은 힙합바지를 입었다는 이유였을 것이다. 몇 대 맞은 뒤 그야말로 꼭지가 돌아버린 내가 "왜 나를 아빠 마음대로 하려고 해? 내가 아빠 거야?" 외치자 아빠는 믿기 어렵게도 "내 딸인데 그럼 내 거지!"라고 응수했다. 흥분 상태에서 튀어나오긴 했으나 진심이 아예 섞이지 않은 말은 아니라는 것을 나는 그때까지 아빠가 보여온 말과 행동을 통해 투명하게 알 수 있었고, 그 순간 어렴풋이 다짐했다. 무슨 일이 있어도 미래의 내 자식은 절대 아빠와 같은 방식으로 대하지 않겠다고.

갓 태어났을 땐 침대에 누워 꼬물대는 것밖에 할 줄 몰랐던 나의 아들 유하는 놀라운 속도로 쑥쑥 자라 기고, 걷고, 뛰어다니게 되었다. "음마 무(엄마 물)"가 "엄마 물 주세요"가 되는 것도 순식간이었다. 아이가 언어 구사 능력을 획득했다는 것은 무엇인가. 그것은 그 능력을 이용해 부모의 속을 지독히 썩인다는 뜻이다. 본인이 앞을 못 봐 어딘가에 부딪쳐놓고 "엄마 때문이야! 엄마가 나빠!" 하면서 꺽꺽 운다거나, 그렇지 않아도 바쁜 평일 아침에 "엄마가 오늘은 어린이집 안 가는 날이라고 했잖아요?"(그런 적 없음) 하면서 옷을 갈아입을 생각을 안 한다거나.

솔직히 고백하자면, 그런 상황에서 가끔 나는 엄마 말에 당장 따르라고 강압적으로 명령하고 싶어진다. 엄마한테 무슨 말버릇이냐고 호통을 치고 싶어진다. 오직 부모라는 이유로 내게 주어진 알량한 권위를 이용해 이 작고 여린 것을 찍어 누르고 싶어진다. 그럴 때마다 나는 속절없이 내 안에서 아빠를 발견한다. 내가 무엇보다 사랑하는 존재를 내가 그렇게나 미워했던 방식으로 대하려 했다는 자각은 매번 한 발 늦게 찾아오고, 그제야 나는 내 안에서 날뛰는 아빠를 고이 봉인하며 정신을 차린다. 그날의 어렴풋한 다짐은 이런 깨달음의 반복을 통해 점점 단단해진다. 어떤 혐오는 나를 보다 나은 곳으로 이끄는 원동력이 된다.

내가 겪었던 건 어쩌면 우리 세대 친구들이 대부분 경험했을 평범한 부녀(부자) 갈등일지도 모른다. 지금 이 순간도 나는 부모님 세대가 다 그렇지 뭐, 하며 이 글을 대충 마무리 짓고 싶은 유혹에 시달리는 중이다. 게다가 나의 아빠는 이제 신체적으로나 상징적으로나 점점 왜소해져 가족 내에서 힘을 잃어가고 있다. 지금은 가족을 통제하는 것이 아니라 유하의 볼을 쓰다듬고 아이스크림을 쥐여주는 것에서 더없는 기쁨을 느끼는 아빠의 모습이 나의 손가락을 자꾸만 멈춰 세운다.

그러나 지금의 나는 분명 이런 생각도 한다. 가족들이 가부장에게 응당 순종해야 한다는 사고방식은 한 발자국만 잘못 나아가도 물리적인 폭력으로 이어질 수 있다고. 설령 물리적인 폭력에 이르지 않았다 해도, 그런 사고방식은 오랜 세월에 걸쳐 가족 구성원에게 정신적 내상을 지속적으로 입힌다고. 그러므로 권위적인 아버지, 가부장적인 아버지가 '좋았던 옛 시절의 그리운 아버지상'으로 미화되는 일은 있어서는 안 된다고. 내가 아무리 나에 대한 아빠의 사랑을 의심한 적 없다 해도, 나는 아빠의 방식으로 유하를 사랑하지 않을 것이다. 그런 방식의 사랑을 대물림하지 않음으로써 나는 유하에게 내 사랑을 증명하고 싶다.

일본 위키피디아에는 '밥상 뒤엎기'라는 항목이 있다. 구시대의 아버지가 격노를 표현할 때의 클리셰여서 위키피디아의 항목으로도 만들어진 것인데, 만화 『거인의 별』에서 주인공의 아버지가 식사 도중 밥상을 뒤엎으며 아들의 따귀를 때리는 장면(일명 '하라는 공부는 안 하고' 짤)과 만화 『자학의 시』에서 주인공이 아내를 향해 밥상을 날리는 장면이 특히 유명하다. 『거인의 별』이 연재되던 시대로부터 40여 년이 지난 2008년, 일본의 이와테현에서는 '밥상 뒤엎기 세계 대회'가 시작되었다. 가로 40센티미터, 세로 30센티미터, 높이 22센티미터의 '공인 규격' 나무 밥상을 뒤엎으며 그 위의 모형 음식을 얼마나 멀리 날리는지 겨루는 대회인데 참가자는 이때 자신이 준비한 구호를 외친다. "야근수당이 0원이라니 어이가 없네!" "밥 다 먹고 계산할 때 도망가지 마!" 등등의 외침과 함께 8미터, 9미터씩 날아가는 모형 소시지나 꽁치를 보며 관중들은 와르르 웃음을 터트린다. 옛날 아버지의 권위의 상징을 희화화

하며 그런 폭력은 이제 구시대의 유물이 되었음을 모두 함께 확인하는 것이다.

반면 이번에 내가 읽은 소설 『심장에 수놓은 이야기』에서는 폭력의 가해자들이 초현실적 현상으로 인해 끔찍한 죽음을 맞이한다. 남편의 상습적 폭력으로 이혼하고 혼자 사는 중년 여성 시미는 어느 날 직장 동료 화인의 목에서 도롱뇽 타투를 발견한다. 두 사람이 그것을 화제 삼아 이야기를 나누자 평소에도 막말을 일삼는 상무가 다가와 손가락으로 타투를 훑으며 화인에게 무례하게 군다. 이에 보다 못한 시미가 나서서 상무의 공격을 막아주고, 답례로 화인은 시미에게 문신술사의 정보를 알려준다.

문신술사는 사람들이 타투를 하는 이유에 대해 다음과 같이 말한다. "중요한 건 사람들이 그만큼 간절하게 바라고 믿었다는 거 아니겠습니까. 내 몸이 어제와는 달라지기를, 나를 둘러싼 외부 조건이나 상황이 조금이라도 좋아지기를."139-140쪽 안타깝게도 현실에서는 피해자의 '좋아지기를 바라는 마음'만으로 아무것도 해결되지 않는다. 몸에 타투를 새겨봤자 상황은 나아지지 않을 것이며, 현실은 소설의 상상력을 영원히 따라잡지 못할 것이다. 그렇다면 우리는 무엇에 희망을 걸어야 할까.

시간, 이라고 적었다가 지우기를 반복하며 나는 시간을 한참 흘려보내고 있다. 시간에만 희망을 거는 것은 아무래도 좀 무책임하다. 밥상을 뒤엎는 아버지를 '구시대의 유물'로 느끼게 된 데는 시간의 흐름보다 '이것은 명백한 폭력이다, 옳지 않다'고 생각하며 자신은 다르게 행동하려고 노력해온 사람들의 의지가 더 크게 작용했을 것이다. 그런 의지가 모이고 또 모이면 마침내는 시대의 기류를 바꾸고 법과 제도까지 바꾸어 폭력의 대물림을 끊어내는 일도 가능하지 않을까.

물론 이렇게 낙관만 하기보다는 행동까지 함께하는 편이 좋으므로 방금 까리따스가정폭력상담소에 가정폭력 피해 여성과 자녀 들이 심리치료를 받는 데 쓰도록 작은 돈을 보냈다. 내가 기부한 돈은 심리치료를 한 번 받을 수 있는 소액에 불과하지만 이런 마음들이 모여 열 번, 스무 번의 치료로 이어지기를, 터널 끝의 작은 빛이 되어주기를 감히 소망해본다. "그러니 시미 씨가 원하는 걸 말해주세요. 무엇이 시미 씨를 돌봐주었으면 좋겠는지."¹³⁸쪽 나를 돌봐주는 것은, 우리를 돌봐주는 것은 결국 변하고자 하는 의지와 그 의지가 반영된 행동이다.

그나저나 구달의 미션 말인데, 아닌 게 아니라 나는 오래전부터 타투를 해보고 싶었다. 어떤 문양을 새길지, 어떤 글귀를 써 넣을지 고민도 많이 했고 최종 후보로 나뭇잎과 돌고래를 올려두기도 했다. 그런데 마침내 결심을 하고 숍을 알아보다 알게 되었다. B형간염 보균자가 타투를 하는 건 위험하다는 사실을…. 나는 태어날 때 엄마로부터 수직 감염된 B형간염 보균자다. 정기적으로 간 검사를 받는 것과 매일 약을 먹는 것 말고는 생활에 지장이 없지만(주로 혈액이나 체액을 통해 감염되므로 일상적인 접촉, 입맞춤, 음식물 섭취 등으로는 잘 전염되지 않는다고 한다) "오염된 면도날, 주삿바늘, 칫솔 등을 공동으로 사용하는 경우 감염될 수 있다"라는 신문 기사*를 보고 타투는 반쯤 포기했다. 요즘은 대부분의 숍에서 손님 사이의 감염을 막

---

* 〈간암의 80% 원인 'B·C형 간염' …문신시술 조심하세요〉, 헤럴드경제, 2019. 7. 30.

기 위해 일회용 바늘과 라텍스 장갑을 사용한다지만 작업 중간이나 작업 후 정리를 하는 과정에서 고객에게 썼던 바늘에 타투이스트가 찔리는 일은 종종 발생하는 모양이다. 만약 내가 시술한 숍에서 그런 일이 일어났는데, 공교롭게도 타투이스트가 B형간염 예방접종을 하지 않아 항체가 없다면? 생각만 해도 끔찍하다. 아무리 희박한 확률이라도 절대 감수하고 싶지 않다. 내가 안심하고 타투를 하려면 "시술할 때 일회용 바늘, 멸균 증류수, 멸균 장갑, 멸균포를 쓰시나요? 그리고 B형간염 예방접종 하셨어요? 항체 생긴 거 확인하셨고요?"라고 타투이스트에게 물어보고 다녀야 할 것 같다. 이 글을 쓰면서 숍 두 군데에 전화를 해봤는데 한 곳에서는 "저는 솜씨가 좋아서 바늘에 잘 찔리지 않으니 오셔도 됩니다"라고 했고, 다른 한 곳에서는 "전 예방접종 안 해서 항체가 없는데요"라고 했다···. 물론 이 두 숍에 내가 갈 일은 없을 것이다.

아무래도 당분간은 타투를 하기 힘들 것 같아서 그 대신 나의 의지를 물건에 새겨 넣기로 했다. 마침 아이패드를 사려고 알아보고 있었는데 애플코리아 공식 홈에서 제품을 사면 구매자가 원하는 글귀를 무료로 각인해준다고 한다. 내 몸에 못 새기는 글자를 나의 분신(?)이 되어줄 아이패드에라도 새겨버리자, 했을 때 떠오른 글귀는 "I don't like cool, I like beautiful"이었다. 십수 년 전 본 어느 영화에서 나왔다고 기억하는 이 문법이 파괴된 문장이 어째서인지 내 마음에 깊이 새겨져 오랫동안 사라지지 않았던 것이다. 어쨌거나 쿨함보다 아름다움을 추구하는 인간으로서 마음에 쏙 드는 글귀였기에 망설임 없이 선택했다.

아이패드는 주문 3주 뒤 우리 집에 도착했다. 각인은 생각보다 조그맣게 새겨져 있었고 그나마도 커버를 씌우면 아예 보이지 않지만 그래도 괜찮다. 중요한 건 거기 그 글귀가 있다는 사실을 내가 아는 거니까. 마치 보이지 않는 곳에 은밀히 새긴 작은 타투처럼, 달라지고자 하는 마음이 거기 있다는 것을 나는 아이패드를 볼 때마다 생각하려 한다.

에덴식당과 No. 1 국자 손잡이

『**천문학자는 별을 보지 않는다**』

심채경 지음, 문학동네, 2021

지수의 메모

간혹 그런 책이 있잖아. 너무 좋아서 설명을 아예 포기하고 "그냥 읽어봐!" 하게 되는 책. 그러니 긴말 않겠어. 이 책 읽고 나랑 천체관측소에 별 보러 가자!

『천문학자는 별을 보지 않는다』를 막 읽기 시작했을 무렵 온라인으로 출간 기념 북 토크가 열린다는 소식을 들었다. 냉큼 신청했다. 100페이지 정도를 넘겼을 뿐이었지만 이미 책에 푹 빠져든 상태였다. 우주를 힘껏 사랑하면서도 달에는 가고 싶지 않다며 선을 긋는 행성과학자라니. 그의 유머러스한 문체와 직업을 대하는 태도에 반했다. 천문학자의 시선은 만 원권 지폐에 그려진 천문 도구에서부터 아닌 새벽하늘에 홍두깨처럼 (그믐달 대신) 초승달을 그려 넣은 소설 책 표지까지 훑었고, 비정규직 지식 노동자의 일상은 영수증 풀칠과 더불어 사진에 찍힌 괴이한 불빛이 UFO가 아닐 확률이 얼마나 되겠느냐는 질문에 100퍼센트라고 대답하고는 손톱을 물어뜯는 인터뷰로 채워졌다.

살면서 한 번도 만나본 적 없는 직업인이 들려주는 이야기가 흥미로웠다. 책에 미처 다 담지 못한 이야기가 있다면 놓치지 않고 듣고 싶었다.

온라인 줌zoom 강연이었다. 시간 맞춰 노트북을 열고 링크를 눌렀다. 각자의 위치에서 접속한 열다섯 개 남짓한 네모난 화면이 모였다. 캠을 켜둔 사람도 있고 꺼둔 사람도 있었는데 그 수가 대략 반반이었다. 순간 고민에 휩싸였다. 나는 켜야 하나 꺼야 하나. 낯선 이들 앞에 얼굴을 내비치기는 민망하고, 그렇다고 캠을 끄자니 박사님이 허공에 대고 말하는 느낌을 받으실 것 같아서 신경 쓰이고…. 켰다. 천문학자는 별을 보지 않는다지만 강연자는 청중의 반응을 살피기 마련이니까. 상반신 리액션이라면 자신 있었다. 상황에 맞춰 눈을 동그랗게 뜨거나 크게 껌벅일 줄도 알고 웃음이 후하고 손뼉도 아주 차지게 친다. 이윽고 시작된 북 토크는 부드럽고 유쾌하게 흘러갔다. 물론 청중 1의 불꽃 리액션 덕분은 아니었다. 어쩐지 책에 잔잔한 유머 포인트가 쏙쏙 숨어 있다 했다. 심채경 박사님은 쓰신 글만큼이나 유머러스하셨고 회심의 멘트를 던진 다음에는 뿌듯한 표정으로 수줍게 웃는 분이셨다.

본 강연이 끝나고 청중의 질문을 받는 시간. 나는 학창 시절에 늘 하던 대로 자연스럽게 눈을 내리깔고 딴청을 피웠다. 그사이 첫 질문자가 용기를 내어 마이크를 켰다. 박사님의 답변을 듣고 있는데 채팅창 알림이 떴다. 참가자 중 한 분이 슬그머니 손가락을 움직여 질문할 내용을 적은 것이다. 금세 채팅창이 시끌벅적해졌다. 다들 마이크 켤 생각은 절대 안 하고 손가락만 열심히 꼬물거리고 있었다. 어쩜 모여도 이리 내향적인 사람들만 모였나 싶어 너무 웃기는 와중에 속으로 쾌재를 불렀다. 자다가 벌떡 일어날 지경으로 궁금한 게 있을 때조차 절대 질문 시간에 손을 들지 않는 내향인도 채팅은 가능하지. 타닥타닥 질문을 입력했다. "저는 도시에 살고 있습니다. 도심에서도 별을 잘 감상할 수 있는 방법이 있을까요?"

도심에서 별을 잘 볼 수 있는 방법은 없다고 한다. 빛 공해가 없는 곳에 자리 잡은 탁 트인 지상 주차장이나 늦은 밤의 청계산 정상 정도가 아니라면. 박사님은 대신 강원도 화천에 있는 조경철천문대를 추천하면서 그렇지만 가본 건 아니라고 덧붙였다. 참으로 매력 넘치는 분이다. 아쉽게도 조경철천문대를 포함한 대다수의 천체관측소가 코로나19 여파로 임시 휴업 중이거나 타 지역 방문객을 받지 않는 상황이었다. 지수와 머리를 맞대고 별 관측 후보지를 고른 끝에 경기도 양평에 위치한 글램핑 숙소를 예약했다. 캠핑장에서 별이 잘 보이더라는 지수의 경험담과 부대시설로 자그마한 별 전망대가 있다는 홈페이지 설명이 그곳을 선택한 결정적 이유였다.

반짝 초여름 날씨와 미세먼지 없는 맑은 하늘. 우주의 기운이 초짜 별 구경꾼을 부드럽게 감싸는 듯한 어느 4월의 월요일 아침이 밝았다. 산뜻한 반팔 티셔츠 위에 후드티를 덧입고 카디건을 꿰어 입은 다음 진짜 외투인 트렌치코트를 걸치고 머플러를 단단히 두르고도 모자라 배낭에 패딩 점퍼를 쑤셔 넣은 다음 길을 나섰다. 겨울의 혹한보다 환절기 일교차를 더 두려워하는 내 머릿속에는 '별이 뜨는 밤은 춥다'라는 생각밖에 없었다. 한남동에서 경기버스로 갈아타고 판교역.낙생육교.현대백화점 정

류장에 내렸다. 이름에 적힌 순서와는 다르게 먼저 낙생육
교를 건너고 현대백화점을 지나야 판교역이 나왔는데 걷
는 내내 사방이 뙤약볕에 공사판이었다. 믿어지지 않았다.
버스에서 내리면서 두 눈에 가득 담았던 판교의 푸르른 나
무들은 다 어디로 갔는가. 땀을 삐질삐질 흘리며 곰곰이
돌이켜보니 그네들은 다 아파트 단지 소속이었다. 판교는
주거지역과 상업지역이 철저히 분리된 듯 보였다. 주거지
역은 잘 정비된 아파트 단지, 상업지역은 유리벽이 반짝이
는 고층 빌딩숲으로 나뉘는 모양새랄까. 아파트와 고층 빌
딩이 없고 작은 상점과 가정집과 웬만한 건물보다 키가 큰
나무들이 오밀조밀 모여 있는 오래된 우리 동네와는 사뭇
달랐다.

　날씨에 꼭 맞게 산뜻하게 입은 지수와 만났다. 판교
는 지수가 사는 동네다. 공유 카를 빌리기로 하고 둘 중 운
전이 가능한 쪽 동선에 맞춰 출발지를 정했을 뿐인데, 지
수는 여행 전부터 먼 거리를 이동하게 만든 게 못내 미안
했던 모양이다. 점심을 꼭 사겠다면서 미리 알아봐둔 채식
식당으로 나를 안내했다. 사실 집을 나서는 순간부터 여행

을 시작한 기분에 푹 빠져서 바깥 풍경을 요모조모 구경하며 판교까지 편하게 왔다(날씨… 아니 옷… 아니 나 자신을 원망했을 뿐…). 역으로 생각하면 지수는 나와 만나기 위해 매번 이 복잡한 환승을 반복하며 서울을 오갔을 텐데, 멀리까지 와줘서 고맙다고 밥 한번 제대로 산 기억이 떠오르지 않아 민망하기도 했다. 그래도 잠자코 따라붙었다. 동네로 놀러 온 친구에게 한 끼를 대접하는 기쁨을 아니까. 굉장한 식당이었다. '프랑스의 길'(아브뉴프랑)이라는 이름을 가진 몰에서 상호명 '에덴식당'으로 운영 중인 청국장 맛집이라니. 신도시의 비즈니스 작명이란 도대체 어떤 알고리즘을 거쳐 확정되는지 속으로만 궁금해하며 흰 쌀밥에 청국장과 제철 봄나물을 싹싹 비벼 맛있게 먹었다.

별 구경꾼들의 여행은 지수가 휴대전화를 공유 카 오디오에 연결하는 순간 본격적으로 시작되었다. 지수가 '별 보러 가는 노래' 플레이리스트에 담아 온 주옥같은 노래들이 차 안에 울려 퍼졌다. 자우림 〈Starman〉, 데이비드 보위 〈Space Oddity〉, 빠지면 섭섭할 적재의 〈별 보러 가자〉에서 "너무 아름다운 다운 다운 다운" 밤하늘 뷰에 어울리는 샤이니 〈View〉까지 다채로운 비트와 멜로디의 향연은 보아의 〈No.1〉으로 정점을 찍었다. "보름이 지나면 작아지는 슬픈 빛 / 날 대신해서 그의 길을 배웅해줄래". 달이 차고 기우는 천문 현상과 이별의 아픔을 연결 지어 서정적인 노랫말로 풀어낸 명곡에 심장이 바운스를 타기 시작했다! 순식간에 드라이브 음감회의 판세가 뒤집혔다. 아이유, 엔시티 드림, 트와이스, 브레이브걸스, 악뮤, 케이팝 명곡 대잔치였다.

우리가 보러 가는 것이 별인지 드림콘서트인지 헷갈릴 즈음 목적지에 도착했다. 아담한 민가 몇 채와 글램핑장 서너 군데가 옹기종기 모여 있는 작고 조용한 동네였다. 꼭 화성 기지처럼 생긴 흰색의 반구형 숙소였는데, 일단 높고 둥근 천장이 마음에 들었고, 기지(?) 입구 전면이 통유리여서 침대에 누운 채로 푸르른 자연 풍경을 눈에 담을 수 있어 마치 숲속에 텐트를 치고 누운 기분이 들었다. 기대했던 별 전망대는 구색 맞추기였음이 밝혀졌다. 좁고 가파른 나선계단은 밤에 오르기 퍽 위험할 듯했고 출렁출렁한 그물로 감싼 바닥면은 해먹처럼 누워서 별을 보라는 의도인지는 모르겠으나 겁쟁이 입장에서는 오금이 저려서 있기조차 힘들었다. 그래도 그곳에서 다리를 후들후들 떨며 잠깐이나마 관찰한 낮달은 아름다웠다. 3분의 1가량 차오른 상현달이었다.

물을 사러 마트에 다녀오고, 동네를 둘러보고, 이름 모를 야생화와 들풀을 구경하고, 과자를 와그작와그작 먹으며 블랙핑크 로제의 솔로 데뷔 무대와 샤이니 신곡 무대를 보고, 커피를 내려 판교에서 포장해 온 샌드위치로 저녁상을 차리고 먹고 치우고 나니 어느덧 바깥에 어둠이 내려앉았다. 드디어 쓸모를 찾은 패딩을 껴입고 테라스로 나섰다. 밤하늘이 달빛과 별빛으로 가득했다. 감탄하며 고개를 반대로 돌린 순간 북두칠성을 보았다. 크고 밝고 또렷하게 빛나는 일곱 개의 별은 어릴 적 국자 모양이라고 달달 외운 그 모습 그대로였다. 국자 손잡이에 해당하는 두 번째 별 미자르 곁에는 흐린 빛을 내는 작은 별 알코르가 붙어 있는데, 로마 시대에는 이 알코르가 보이는지 여부를 확인해 시력을 측정했다고 한다. 여행에서 돌아와 알게 된 사실이다. 뒤늦게 아쉬워하고 있다. 미리 공부해뒀더라면 어디 한번 양평에서 로마 시대 시력측정법을 재현해보자며 지수와 깔깔 웃었으련만.

깜깜한 밤하늘 아래 의자를 펴고 앉아 별빛을 올려다보며 지수와 무슨 이야기를 나누었던가. 성큼 여름의 복판으로 들어선 지금 시점에서 돌이켜보려니 지수가 샤이니 멤버들이 신곡 무대에서 선보인 연보라색 레이스 셔츠며 알 굵은 진주 목걸이 스타일링이 정말로 멋있어 보이느냐고 조심스럽게 물어서 빵 터진 기억만 난다. 분명 다양한 주제를 넘나들며 한참이나 넓고 깊은 대화를 나눴는데, 결국 기억에 남는 건 늘 웃음 섞인 파편들이다. 참고로 내 대답은 "어!"였다. 고르고 골라서 제일 근사한 착장으로 섰던 무대를 보여준 건데 아무렴.

하고 싶은 이야기는 많았다. 『천문학자는 별을 보지 않는다』에서 읽은 천문학 지식 한 토막이니 은하계 단신 따위를 조곤조곤 브리핑하고도 싶었고, 직업을 유지하려면 끊임없이 연구 과제를 따내야 하는 계약직 연구원의 모습에서 차기작 원고와 번역 계약을 따내지 못하면 하루아침에 밥벌이가 끊기는 우리가 겹쳐 보이더라는 말도 하고 싶었다. 유자녀 기혼 여성 직장인의 녹록지 않은 일상이 담긴 꼭지를 읽으며 여러 번 지수를 떠올렸다는 이야기. 요즘 우리 동네가 재개발 열기에 휩쓸리고 있는데, 만약 정말로 재개발이 진행된다 해도 조경이 멋진 브랜드 아파트에 드리운 시원한 그늘이 내 몫일 리는 없겠거니 싶어 판교 한복판에서 순간 짙은 한숨을 내뱉었다는 이야기. 우리가 밤하늘에 빛나는 모든 별을 다 눈에 담을 수는 없듯이, 우리가 양평으로 오는 차 안에서 선곡한 노래를 부른 아이돌 멤버 숫자를 모두 곱해도(엔시티 드림 대신 엔시티를 포함시켜도) 무대에 설 기회조차 얻지 못하고 사라진 존재들의 수에는 못 미치듯이, 우리 중 누군가가 입 밖으로 꺼낸 말이 하고 싶었던 이야기의 전부는 아니라는 걸 안다. 하지만 동시에 바로 그런 이유로 우리는 별빛을 아름답다 여겼고 케이팝을 진심으로 즐겼으며 나란히 앉은 친구의 마음을 헤아리려 여행 내내 줄곧 작은 안테나 하나씩을 세우고 움직였다. 그건 평범한 시력으로 어떻게든 알코르의 희미한 빛을 알아채려는 노력이기도 했다. 어느새 북두칠성이 우리와 부쩍 멀어져 있었다.

보이저 1호와 데이비드 보위와
칼 세이건과 함께

『혜성』

칼 세이건·앤 드루얀 지음, 김혜원 옮김, 사이언스북스, 2016

구달의 말 :

우리 몇 년 전에 영화 〈바닷마을 다이어리〉를 보고 가마쿠라로
여행을 떠난 적이 있잖아. 영화 속 네 자매가 사는 동네를 산책
하고, 막내 스즈의 단골 식당을 찾아가 잔멸치 덮밥을 사 먹었
지. 책을 테마로도 둘이 비슷한 추억을 만들어보면 재미있을 것
같아. 『혜성』은 본문도 물론 기가 막히지만 컬러 도판이 특히 예
술이야. 한 장 한 장 넘길수록 우주를 점점 더 사랑하게 된다니
까. 가슴이 우주로 가득 차오르거든 말해줘. 나랑 별 보러 가자.

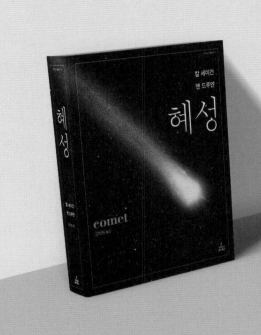

천문학자 심채경 박사님도 칼 세이건의 『코스모스』를 완독하지 못했노라 고백하셨는데 대체 무엇을 믿고 구달이 『코스모스』와 거의 동급으로 두꺼운 『혜성』을 나에게 읽으라고 줬는지 모르겠다. 하긴 구달은 도스토옙스키의 『악령』(상, 중, 하 도합 1,264쪽)도 태연한 얼굴로 완독하는 친구니까, 뭇사람들의 독서 취향이랄지 독해력을 자신의 기준으로 판단했을 가능성이 다분하다. 다행히 『혜성』은 사진이 아주 많은 책이라는 점에서, 또 그 사진들이 전부 컬러라는 점에서 흑백 인쇄물인 『코스모스』보다는 난이도가 낮아 보였다(컬러 책이 흑백 책보다 왠지 수월히 읽힐 것 같은 그런 느낌, 뭔지 아시죠…?). 그러나 출산 이후 너덜너덜해진 내 손목은 무게 1.8킬로그램에 달하는 이 거대하고도 두꺼운 책을 장시간 견뎌내지 못할 게 뻔하다. 책상 위에 튼튼한 나무 독서대를 펼친 뒤 그 위에 『혜성』을 올려두고 책장 넘기기를 약 일주일, "너무 힘들면… 사진만 봐…"라는 구달의 말에 기대어 어떤 장章은 띄엄띄엄 건너뛰며, 또 어떤 장章은 꼼꼼하게 플래그까지 붙여가며 마침내 마지막 장page까지 넘기는 데 성공했다.

이 벽돌 같은 책을 통해 나는 무엇을 배웠는가. 핼리혜성의 발견자인 에드먼드 핼리는 자신의 연구를 전폭적으로 지원해주는 부유한 아버지 밑에서 자란 성격 좋은 도련님이라는 것을 알았다(칼 세이건은 에드먼드 핼리의 생애가 어지간히 인상 깊었던지 그것을 묘사하는 데 책의 한 장章을 모조리 할애했다). 세계 곳곳의 고대 유물에서 혜성을 본떠 만든, 만자(卍)와 비슷하게 생긴 기호가 발견됐으며 이 기호는 훗날 나치의 상징인 하켄크로이츠로 변형됐다는 것을 알았다. 1910년에는 전 세계 사람들이 '지구가 핼리혜성의 꼬리를 통과할 것인데 그때 혜성 꼬리에 포함된 독가스로 인해 모두 죽을 것이다'라는 생각에 벌벌 떨었다는 사실을 알았다(그중 많은 수가 실제로 자살했지만 그해 지구는 혜성의 꼬리를 통과하지 않았으며, 설령 통과했다 해도 핼리혜성의 꼬리에 포함된 유독가스는 극소량이라서 인체에 큰 영향이 없었을 것이라 한다). 칼 세이건은 핼리혜성이 다음번에 지구에 근접하는 2061년에도 인류가 과연 존재할지 진지하게 걱정했다는 것을 알았다(그가 생각하기로 인류는 자신들을 멸망시킬 도구 — 핵무기 — 를 스스로 만들어낸 멍청이들이기 때문이다).

혜성의 탄생 과정이라든가 구성 물질이라든가 그것이 지구에 끼치는 영향 따위를 머릿속에 집어넣었다면 더 좋았겠지만 이 정도 혜성 관련 TMI를 습득한 것만 해도 나는 충분히 만족해버렸다. 지금은 고인이 된 칼 세이건이 하늘에서 이런 불량 독자를 내려다보면 무슨 생각을 할지 모르겠으나 천문학자 심채경 박사님도 당신의 『코스모스』를…(이하 생략).

책을 읽고 '혜성'으로 검색을 해봤다. 생명체의 구성 물질인 '인'이 혜성을 타고 지구로 왔다는 것이 최근의 한 연구 결과로 밝혀졌다는 뉴스가 나왔다.[*] 2020년 1월 17일 자 뉴스였으니 1996년에 세상을 떠난 칼 세이건은 이 소식을 듣지 못했을 것이다. 그러나 『혜성』의 마지막 장章에서 지금 우리 눈앞의 공기 속에서 춤추고 있는 물질 입자가 이동해온 경로―수십 억 년 전 은하수 은하 반대편의 어떤 별에서 나온 물질로부터 만들어져 50억 년 전쯤 태양계 성운 안으로 들어와 천왕성과 해왕성 부근에서 수조 개의 혜성들 중 하나가 되고, 수천 년 전 내행성계로 들어와 우주 공간을 배회하다 수년 전 우연히 지구로 끌려 들어와서 지금 우리 눈앞에서 햇빛을 받으며 위아래로 움직이고 있는―를 더없이 우아한 문장으로 설명해낸 칼 세이건이니만큼, 이런 연구 결과가 나오리라는 것을 어쩌면 짐작하고 있었을지도 모른다. 우주의 관점에서 보면 먼지의 티끌의 티끌에 지나지 않을 인간들이 밤하늘을 올려다보며 달과 별, 행성과 혜성, 그리고 그 사이의 까만 공간에 대해 수천 년 동안 궁금해하다가 마침내 자신들의 기원을 알아낸 순간. 그건 틀림없이 지적 희열로 가득한 멋진 순간이었겠지.

---

*   〈생명체 구성 물질 '인(燐)' 지구 전달 과정 처음으로 확인〉, 연합뉴스, 2020. 1. 17.

아아, 이런 우주의 기운이 느껴지는 대화를 양평 글램핑장의 밤하늘 아래에서 구달과 도란도란 나누었다면 좋았을 텐데. 안타깝게도 나는 양평을 다녀온 후에야 이 책을 읽기 시작했고, 그래서인지 어째서인지 우리의 대화는 케이팝 아이돌 이야기로 점철되었으며, 마침내 유튜브 '피식대학'의 한 코너인 'B대면 데이트'에 샤이니의 태민이 나온 회차를 함께 보다가 너무 웃은 나머지 배가 아파 거의 오열하기에 이르렀다.

'별 보러 가는 노래' 플레이리스트를 만들 때만 해도 이럴 작정은 아니었다. 첫 곡으로 넣은 자우림 리메이크 버전의 〈Starman〉은 무려 '지기 스타더스트'라는 화성인 부캐로 활동했던 데이비드 보위가 원곡자 아닌가. 내용 또한 어느 소년이 라디오를 듣다가 외계인의 존재를 알아차린다는 것이다. 세 번째 곡이자 역시 데이비드 보위가 만들고 부른 〈Space Oddity〉는 또 어떤가. 가상의 우주 비행사 톰 소령이 지상 관제실과 대화를 주고받는 구성인 이 노래에서는 2절에 이르면 우주선이 고장 나 톰 소령은 우주 미아가 된다! 1969년 BBC에서 아폴로 11호의 달 착륙을 중계하며 이 노래를 배경 음악으로 틀어버리는 만행을 저질렀는데, 데이비드 보위는 이를 두고 "음악 담당자가 가사를 잘 몰랐던 것 같다"라는 말을 남겼다 한다. 나는 이 근사한 곡들을 BGM 삼아 장대한 우주에 대해 구달과 이런저런 이야기를 나눠보고 싶었다. 그런 회심의 선곡이었는데….

우리가 24시간 동안 케이팝 아이돌 이야기만 하게 된 이유가 대체 뭘까. 내가 『혜성』을 미리 안 읽고 간 게 패착이었을까, 아니면 달이 차고 기우는 현상을 연애에 빗댔다는 이유로 보아의 〈No.1〉을 플레이리스트에 넣었던 게 원흉이었을까(〈No.1〉이 케이팝 역사에 길이 남을 명곡이라는 점, '빰빰빠 빰빰빠 빰빰빠밤' 하는 전주에서부터 내 가슴이 세차게 뛰기 시작한다는 점은 부정하지 않겠다만…).

그러나 내가 누구인가. 서태지와 아이들부터 덕질을 시작해 R.ef, H.O.T., S.E.S., 원타임, 위너를 거쳐 현재는 에스파의 무대 영상과 밴드 호피폴라의 각종 자료(떡밥)들을 찾아보는 것으로 하루를 시작하는 그런 잡덕이 아닌가(잡덕 사전에 탈덕은 있어도 휴덕은 없다). 게다가 샤이니 팬 구달의 은근한 영업으로 다년간에 걸쳐 꾸준히 '샤며들어'왔기에(멤버 이름과 얼굴 매칭 가능, 앨범별 타이틀곡 후렴구 떼창 가능, 멤버 목소리 70퍼센트 구분 가능) 양평의 녹음을 배경으로 샤이니의 신곡 〈아틀란티스〉 무대를 감상하는 게 싫지만은 않았다. 아니… 사실 몹시 좋았다….

깜깜한 밤이 되자 우리는 드디어 여행의 본래 목적을 기억해내고 패딩 점퍼를 주섬주섬 걸쳐 입었다. 숙소에서 딱 한 발자국 나갔더니 양평 하늘에 또렷이 떠오른 북두칠성이 보였다. 밤늦도록 인공 불빛이 휘황한 도심에서는 절대 볼 수 없는, 머나먼 우주에서 지구로 갓 도착한 신선한 별빛들. 그저 까만 하늘에 떠 있는 점 몇 개일 뿐이지만 몇 시간이든 질리지 않고 바라볼 수 있을 것 같았다. 실제로는 태양보다 거대한 별들도 내가 있는 곳에서는 얇은 샤프심으로 전지에 콕 찍은 점처럼 조그맣게 보인다는 사실을 자꾸 생각하다 보면 정신이 아득해진다. 우주의 관점에서는 나 역시 먼지 한 톨 크기도 안 되는 하찮은 존재일 것이다. 아니, 하찮다는 인식조차 할 수 없는, 어쩌면 원자 크기도 안 되는 존재? 그렇게 생각하면 나의 일상이나 내면

에서 일어나는 크고 작은 갈등이 정말이지 하찮게 여겨진
다. 내게는 그런 깨달음을 주는 일명 '우리는 모두 우주의
먼지 모멘트'가 필요해지는 시기가 종종 도래하는데, 그때
마다 양평으로 달려올 수 없으니 이 광경을 마음에 잘 저
장해두자 싶었다(사진으로는 찍히지 않으므로).

　　함께 오고 싶었으나 그러지 못한 친구가 영상통화라
도 하자고 해서 아이폰 카메라로 별빛을 포착해 보여주려
애썼지만 실패했다. 약 80킬로미터 거리에 있는 친구의
얼굴을 휴대전화 화면 속으로 즉각 불러들일 수 있다는 것
만 해도 나한테는 경악할 만한 과학기술의 발전인데, 내가
태어나지도 않았던 1969년에 인류가 지구에서 38만 킬로
미터씩이나 떨어져 있는 달까지 사람을 보냈다는 사실을
아직도 믿을 수 없다. 이러다 일론 머스크가 몇 해 뒤 정말
로 화성에 사람을 보내버리면 그 광경을 실시간 중계로 보
면서도 "CG 아니야?"라고 중얼거릴지도 모른다. 하긴, 칼
세이건이 약 40년 전에 쓴 『혜성』을 읽으면서도 당시의 과
학기술에 입을 쩍 벌리는 나니까 충분히 그럼직하지.

　　다음 날 아침도 날씨가 좋았다. 빵과 커피로 한 끼를

가볍게 해결하고, 별을 보는 것 외에는 무계획으로 온 인간들답게 즉석에서 카카오맵의 검색 기능을 활용해 대충 좋아 보이는 곳으로 목적지를 정했다. 우리가 점찍은 곳은 여주 파사성이었는데 사진으로 보기에는 성곽을 따라 딱 기분 좋게 하이킹할 수 있을 것 같았다. 그러나 약 한 시간 뒤, 나는 회사 간부와 함께 워크숍을 간 것도 아닌데 아침부터 자발적으로 등산을 하겠다 결심한 자신을 원망하게 되는데…(한 치 앞을 못 보는 편).

뙤약볕 아래에서 그늘 한 점 없는 돌덩이 길을 걷고 또 걷다 보니 드디어 산꼭대기가 나왔다. 발아래로 느긋하게 흘러가는 남한강과 거기에 걸쳐진 이포대교가 손톱만 하게 보였다. 야트막한 동네 산에만 올라와도 발아래의 만물이 이렇게 조그맣게 보이니 이보다 더 높이, 더 멀리 올라가면 지구도 유리구슬처럼 보이겠지. 실제로 우주 탐사선 보이저 1호가 명왕성 궤도 근처에서 찍은 사진(일명 '창백한 푸른 점')을 보면 지구는 눈에 힘을 잔뜩 줘야 보일까 말까 한 작은 점에 불과하다. 칼 세이건 말마따나 태양빛 속을 부유하는 먼지의 티끌에 지나지 않는, 우리 모두의 고향.

그 먼지의 티끌의 티끌들인 구달과 나는 같은 종족 티끌들이 지성을 모아 만들어낸, 차선이탈방지보조기능이라는 놀라운 기능이 탑재된 차에 올라 "이것 좀 봐! 핸들이 막 자동으로 움직여!!" 소란을 피우며 카페에 가서 레모네이드와 아이스아메리카노를 마시고, 식당에 가서 바지락 칼국수를 먹고, 고속도로를 달려 집으로 돌아왔다.

이상한 일이다. 화상통화가 가능한 휴대전화도, 차선이탈방지보조기능이며 자율주행기능이 탑재된 자동차도, 태양계 끝까지 날아가는 우주선도 발명할 수 있는 지성을 갖춘 인간들이 자신들을 파멸시킬지도 모를 무기를 스스로 만들고, 일회용품 쓰레기 산을 날마다 생성하며 오늘만 살 것처럼 자신들의 별을 더럽히고 있다. 물론 그런 인간 중 하나이자 우주 먼지의 티끌의 티끌에 불과한 나는 과연 어떤 행동을 통해 자멸의 길을 달리는 인류를 우주 먼지의 티끌의 티끌만큼이라도 저지할 수 있을 것인가…라고 비장하게 쓰고 보니 사뭇 2000년대 초반 할리우드 재난 영화의 백인 남자 주인공 같지만 일단은 내가 할 수 있는 일부터 해보기로 했다. 나무에게 조금이라도 덜 미안해하기 위해 앞으로는 되도록 전자책만 사기로 결심했다. 이 결심을 하며 종이책 약 130권을 중고로 팔거나 처분했는데, 그렇게 하니 여유 공간이 생겨서 책장 하나도 당근마켓에 무료 나눔으로 내놨다. 페트병에 든 외출용 아기 보리차 24개를 사려던 손을 멈추고 집에서 물을 끓여 소분해 다니기로 했다. 고기는 원래 혼자 있을 땐 잔반 처리를 해야 할 경우 말고는 잘 안 먹지만(소고기 먹는 양을 60그램 줄이면 휘발유 차를 10킬로미터 덜 타는 만큼 온실가스를 줄이는 효과가 있다고 한다) 앞으로는 남편에게도 하루 한 끼 채식을 권해보겠다. 티끌 모아 태산이라는 속담이 우주의 티끌의 티끌들이 행하는 티끌만 한 노력에도 해당되기를 바란다.

구달에게 권한 책 『천문학자는 별을 보지 않는다』에는 우리은하가 수십억 년 후 안드로메다와 충돌할 것이고, 그러면 밤하늘에 별이 유난히 많아지리라는 이야기가 나온다. 까만 벨벳에 흩뿌려진 다이아몬드 가루 같을 그 별빛들은 분명 넋을 잃을 만큼 황홀하겠지. 그런 아득한 미래에도 인류가 과연 지구상에 존재할지 모르겠지만, 그

광경을 광막한 우주를 영원히 항해하는 보이저 1호와 함께, 또 별들 사이를 떠도는 데이비드 보위와 칼 세이건의 영혼과 함께 우리의 후손들도 구경할 수 있다면 좋을 것이다.

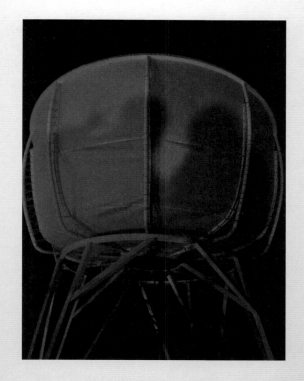

지수에게

2미터 너비 3단 책장 하나와 열다섯 칸으로 나뉜 5단 책
장 두 개. 우리가 첫 원고를 주고받았던 2020년 여름에만
해도 내 방에는 책장 세 개가 기역 자로 나란히 놓여 있
었어. 책장이 허용하는 모든 틈새마다 책이 가로세로 대
각선으로 빽빽이 꽂혀 있었지. 계절이 한 바퀴 돌아 새로
운 가을을 맞이한 지금은 5단 책장 하나가 사라졌고 나머
지 책장들은 눈에 띄게 헐렁해졌어. 지난 1년 사이에 책을
700권 넘게 처분했거든. 코로나19 바이러스의 영향이었
지. 나야 방을 작업실로 쓰는 프리랜서이니 예전에도 집
에 머무는 시간이 긴 편이었지만, 바이러스라는 철조망을
두른 집은 마냥 편안하게 느껴지지 않는 거야. 닫힌 공간,
고립된 장소 같았어. 문득 이런 의문이 들었어. 내가 이렇

게 자그마한 방 안에 벽면 가득 책을 채우고 들어앉아 20여 년을 살아온 건가? 책은 나를 낯선 세계로 들여보내는 문이라고만 생각했는데, 실은 나를 방구석에 꽁꽁 매어두는 말뚝이기도 했던 것 같아. 책장 세 개만큼의 세계를 유유히 헤엄치며 세계에 대해 꽤 안다고 믿었지만 현실의 나는 어딘가 뻣뻣하고 사람들 틈에 부드럽게 스며들지 못하는 종이 인간이었지.

우리가 함께하는 소소한 독서 모임이 있잖아. 마음 맞는 자매 넷이 모여 4, 5년째 느슨하게 이어오고 있는. 사실 나는 그야말로 골방에 틀어박혀 책에 코를 박는 타입인 데다, 고전 작품이나 인문서 같은 딱딱한 책을 주로 읽다 보니 친구들과 독서 경험을 나눌 기회가 별로 없었거든. 책에 담긴 메시지를 스스로 발견하고 내 안에서 소화해내는 과정이 훨씬 더 중요하다고 믿기도 했고. 그래서 솔직히 처음에는 많이 어색했어. 모임 구성원이라고는 딸랑 넷인데 학창 시절에 조별 과제 발표하듯이 엄청 긴장하고 그랬지. 내 차례가 오면 함께 읽고 싶은 책이 아니라 그냥 원래 좋아하는 익숙한 책을 골랐어. 도스토옙스키의

『지하로부터의 수기』니 알베르 카뮈의 『전락』 같은 걸 읽자고 했지. 자매님들이 선택한 낯선 책을 아무런 단서 없이 읽어보고, 서점에서 즉석으로 고른 책이나 자기 책장에서 뽑아온 책을 사다리타기로 정한 상대에게 선물하는 행사를 하면서 조금씩 마음을 열었어. 독서 모임이 왜 필요한지 알 것 같았어. 미묘하게 다른 우리 네 사람의 취향과 관점이 책을 매개로 섞여드는 순간이 참 좋더라. 규칙도 의무도 없는(그러나 드레스 코드는 있음) 헐렁한 진행 방식도 마음에 들었고. 더 적극적으로 모임에 참여해야겠다 마음먹었을 즈음 코로나19 바이러스가 밀려들어 아쉬웠는데, 때마침 책을 교환해서 읽고 글을 써보자는 제안을 해줘서 기뻤어. 함께하는 독서를 이어가면서 밥벌이까지 할 수 있게 되었으니 얼마나 좋아.

지독히도 성실한 지수가 3주마다 한 권씩 책을 읽고 원고를 써서 교환하자는 작업 방식을 제안했을 때는 부담감에 까무러칠 것 같았지만 역시 받아들이기를 잘했다는 생각이 들어. 코로나로 인해 예년만큼 자주 만나지 못하는 상황이었는데도 우리가 줄곧 이어져 있다고 느꼈어.

이상하지? 시시콜콜한 근황 토크를 나눈 것도 아니고, 그저 3주에 한 번씩 서로의 책장에서 빌린 책을 읽고서 떠오른 생각의 파편들을 메일로 주고받았을 뿐인데. '요요 자매님' '구달아' '자매님아!' '구달이 다양신' 등으로 매번 조금씩 달라지는 메일 첫머리를 확인하는 재미도 쏠쏠했지. 어느 날은 『김이나의 작사법』을 읽으려고 꺼내 들었는데 딱 한 페이지만 귀퉁이가 접혀 있는 거야. 75쪽. 궁금해서 제일 먼저 펼쳤지. 김이나 작사가가 SM 프로듀서 팀장을 인터뷰한 내용이었고 페이지 전체가 종현의 첫 솔로곡 〈혜야〉와 관련된 일화로 채워져 있었어. 지수는 왜 이 대목에서 귀퉁이를 접었을까. 접힌 페이지의 수신인은 나일 수밖에 없었어. 거기 적힌 일화를 기억해두었다가 종현의 팬인 나에게 들려주려고 했을 거야. 나도 가끔 그러거든. 책을 읽다가 어떤 대목에서 문득 독서를 멈추고 누군가를 떠올리며 귀퉁이를 접어. 나중에 만나면 거기 적힌 이야기를 해주려고. 우리가 지난 1년 동안 했던 작업이 바로 이거였던 것 같아. 상대방이 건넨 책에서 접힌 자국을 발견해내어 수신하는 것, 나의 시선으로 새롭게 포착한 대목에는 다시 표시를 남겨 발신하는 것. 그렇게 책 한 권 한 권에 서로의 손때가 묻은 접힌 귀퉁이를 늘려나가는 것.

어제는 날씨가 갑자기 쌀쌀해져서 트렌치코트를 꺼내 입었어. 『지구에서 한아뿐』을 읽고 과감히 소매를 잘랐던 바로 그 빈티지 외투. 우연히 정세랑 작가님을 만나서 한아 덕분에 되살아난 옷이라고 자랑하는 상상을 잠깐 했는데, 그만한 우연은 반광물 외계인과 연애할 확률만큼이나 낮겠지. 드렁큰 비건에서 먹은 프라이드콜리플라워는 요즘도 가끔 생각나. 채소를 튀길 엄두는 안 나서 쿠폰 메뉴였던 버섯구이만 해먹어봤지. 그래, 정확히는 구운 버섯을 얹은 샐러드였지만 그건 요리 과정이 너무 복잡하니까. 버섯에 올리브유 두르고 살살 볶기만 해도 맥주 안주로 꽤 괜찮더라고. 혹시 〈브로큰백 마운틴〉이 넷플릭스에 있는 거 알아? 미니 맥주 한 캔을 홀짝이면서 봤는데 정말 좋은 영화였어. 하지만 지수가 세기의 명 키스신으로 꼽은 대목에서는 속으로 이렇게 외쳐버렸지 뭐야. '제발 회포는 적당히 풀고 좀 떨어져!' 우연히 그 장면을 본 에니스의 아내

앨마 표정이 너무… 내 마음이 다 찢기는 기분이었거든. 우리의 책을 마무리하면서 이렇게 돌이켜보니, 2020년과 2021년은 팬데믹에도 불구하고 소소한 이벤트가 많았던 해로 기억에 남을 듯해. 지수가 추천한 책 10권을 독서 목록에 보탰을 뿐인데 말이야. 책과 관련된 사사로운 미션이 꼬리에 꼬리를 물고 이어진 덕분이겠지. 코로나19가 종식되고 우리의 느슨한 독서모임이 재개된다면 그때도 미션을 곁들이면 어때? 독서를 일상의 영역으로 끌어들이는 이 재미를 우리만 알기엔 너무 아깝다는 생각이 드네.

요즘도 나는 시간이 날 때마다 책장에서 추린 책들을 배낭에 짊어지고 근처 중고서점에 가(이것이 책장 하나를 비우는 데 1년이나 걸린 비결이지). 올해 안에 5단 책장 하나를 마저 비우는 게 목표거든. 모니터에 뜨는 매입 목록을 쭉 보고 있으면 가끔 되게 이상한 기분이 드는데, 지수도 비슷한 경험이 있을지 모르겠다. 『백년의 고독』이 900원이라니… 노벨문학상이 다 무어냐…. 아니 그보다는 내 안에 고여 있던 무언가가 바깥으로 흘러 나가는 느낌이라고 해야 하나. 줄줄이 뜨는 책 제목마다 지문처럼 내가 찍혀 있는 듯해서 민망하달까. 정작 서점 직원은 무심하게 툭툭 바코드를 찍을 뿐이지만. 홀쭉해진 배낭을 메고 집으로 돌아오면, 내보낸 책의 숫자만큼 늘어난 책장 빈칸이 눈에 들어와. 아직은 많이 낯설지. 불과 작년까지만 해도 꽂을 자리가 없어서 바닥에 책을 쌓아두고 지낼 정도였으니 나로서는 꽤나 큰 변화를 만들어내고 있는 셈이거든. 물론 그렇다고 독서를 멈춘 건 아니야. 책은 여전히 매일 손에 쥐고 읽으니까. 다만 궁금한 거지. 20여 년을 들여 견고히 쌓아올린 책장 세 개만큼의 세계를 해체하면 무슨 일이 일어날까. 마침 지수도 최근에 책 130권과 책장 하나를 처분했다고 했지. 역시 우린 영혼의 단짝인가 봐. 책장은 비우되 읽은 것이 모래처럼 손가락 사이로 빠져나가지 않도록 대화로 단단히 고정해가면서 우리의 독서를 이어나가면 좋겠어.

그래서, 다음 책은 뭐지?

이토록 담백한 독서 정담

김혼비

솔직히 고백하면 책에 관한 책을 그리 즐겨 읽는 편이 아니다. 두 명의 작가가 서로를 수신자로 상정하고 글을 교환하는 책이 썩 좋았던 적도 거의 없다. 이 두 가지가 이중 잠금으로 빗장을 걸고 있는데도 『읽는 사이』를 열렬하게 펴든 건 순전히 이지수와 구달이라는 이름 때문이었다. 『아무튼, 하루키』와 『아무튼, 양말』을 읽고 그들의 글에 반해 하루키와 구달의 못다 읽은 책들을 홀린 듯이 찾아 읽은 전적이 있으니까. 그들이라면 굳게 걸린 빗장을 활짝 풀어줄 수 있을 것 같았다.

책은 기대대로였고(당장 읽고 싶은 책도 한가득 생겼다), 기대 이상이었고(기대보다도 훨씬 재미있었고 선량하고 건강한 에너지가 넘쳤다), 무엇보다 기대 가능 범위를 훌쩍 벗어나는 면모도 있었다. 이토록 책을 사랑하고 이토록 서로를 사랑하는 사람들이 함께 책을 읽고 나누는데 이토록 담백하다니. 이 책에는 이런 성격의 책에 으레 기대할 법한 '함께 책을 읽고 쓰는 작업을 거치며 이전과는 또 다른 내가 되었다'든지, '함께 읽은 책이 나의 세계를 이만큼 확장했다' 같은 의미 부여의 기미가 전혀 없다. 독서를 다소 엄숙하거나 거창하게 정의하지도 않는다. 서로가 서로에게 얼마나 소중한 존재인지, 함께 책을 읽으며 서로를 더욱 온전히 이해하고 사랑하게 됐다는 유의 말도 하나 없다. 하지만 "가장 진실하고 감동적인 연애편지에는 '사랑'이라는 단어가 없다"라는 말도 있듯이, 없어도, 아니 없어서, 빈칸을 차고 넘치는 '있음'을 뭉클하리만치 강렬하게 느낄 수 있었다.

나에게 『읽는 사이』는 책을 통해 서로의 원이 확장된다기보다는 서로의 원 안에 가만히 스며들어가는 여정으로 읽혔다. 확장은 경우에 따라선 허무할 만큼 간단하게 다시 축소될 수도 있지만, 스며듦은 한 번 일어나면 입자를 화학적으로 잘게 분해하지 않는 한 원래대로 돌려놓기 힘든, 보다 본질적인 변화다. 그래서 그들이 요란한 확장 대신 서서하고 고요한 스며듦을 향해 움직이는 것이 그렇게나 미더울 수 없었다. 그렇지, 이게 그들의 방식이지. 그들은 언제나 무심한 듯 곡진하다. 책에, 서로에게.

이 무심한 곡진함에 마음속 모든 빗장이 한꺼번에 풀리며 한 번도 해보지 않았고, 해볼 생각조차 없었던 '친구와 둘이서 책으로 이어 달리는' 행위에 관해 진지하게 생각해보게 됐다. 평소였다면 손대지 않을 책을 친구의 손에 이끌려 읽는 건, 전혀 모르는 낯선 곳이지만 아는 사람이 살고 있어 묘하게 안심이 되는 도시를 여행하는 기분일까(그러고 보니 이 책에서 내가 가장 사랑해서 몇 번이고 읽은 챕터는 구달의 입고 여행과 이지수의 '모로이'한 여행 이야기가 나오는 챕터). "서로를 웃기고 싶은 열망으로 단단히 묶여 있으며", 때로는 서로를 화사하게 밝혀주는 영혼의 반사판이 되었다가, 때로는 서로에게 우리 곁을 스쳐 가는 많은 문제적 순간들이 정신에 자극을 줄 수 있게 정신의 반사면이 되어주는 두 사람을 보고 있으면, 분명 당신도 그들을 따라 누군가와 독서 교환 일기를 쓰고 싶어 못 배길 것이다. 일단 지금 나부터도 그러니까. 이 글의 첫 문장에서도 살짝 밝혔듯, 이런 형태의 책을 이렇게 좋아하는 것도 처음인데, 직접 해보고 싶기까지 할 줄은 정말 상상도 못 했다. 그들이 서로의 원 안으로 스며들 때마다 마음 한편이 간질간질하고 나 역시 어딘가로 흘러가고 싶어 꿈틀꿈틀했던 것이 동력이 된 건지는 모르겠지만.

어쨌든 이 책은 구달의 표현을 잠시 빌리면 완벽하게 나를 '캐붕'시켰다. 많은 이들이 독서 교환 일기를 시작하는 상상을 하니, 그 많은 독서 교환 일기들에 첫 책으로 일제히 『읽는 사이』가 기록되는 상상을 하니 상상일 뿐인데도 어쩐지 마음이 따뜻해진다. 안 한다면 모를까, 첫 책으로 『읽는 사이』만 한 책이 또 있을까. 미더운 사랑으로 가득한 책. 그런 점에서 이 책은 이지수와 구달이 우리에게 건네는 바통이다. 이 소중한 바통을 이어받고 또 소중한 누군가에게 건네며 서로에게 스며들기를. 그리고 누구와 함께하든 언젠가 우주에 관한 책은 꼭 나눠 읽고 이 책 속 이 문장만큼은 그대로 말해보고 싶다. "가슴이 우주로 가득 차오르거든 말해줘. 나랑 별 보러 가자." 세상에. '사랑'이라는 단어만 안 들어갔지, 이렇게 설레고 낭만적인 말이라니. 나쓰메 소세키의 "달이 아름답다"와는 비교도 안 된다. 그리고 이들은 정말로 간다, 별을 보러. 이 책이 이렇다니까!

읽는 사이

초판 1쇄	2021년 11월 22일

지은이	구달·이지수
펴낸이	김태형
펴낸곳	제철소
등록	제2014-000058호
전화	070-7717-1924
팩스	0303-3444-3469
제작	세걸음

전자우편	right_season@naver.com
인스타그램	instagram.com/from.rightseason

ISBN 979-11-88343-51-5 03810

이 도서는 2021년 경기도 우수출판물 제작지원 사업 선정작입니다.